Robert Feldhoff Dirk Schulz
INDIGO 5

IM LAND DER TOTEN SHAYRA

Carlsen Comics

Weitere Informationen unter
http://www.indigo-online.de

CARLSEN COMICS
1 2 3 4   04 03 02 01
© Carlsen Verlag GmbH · Hamburg 2001
© 2001 INDIGO Band 5
Dirk Schulz / Robert Feldhoff
Redaktion: Joachim Kaps
Lettering: Delia Wüllner-Schulz
Herstellung: Winnie Schwarz
Druck und buchbinderische Verarbeitung:
Druckhaus Schöneweide GmbH, Berlin
Alle Rechte vorbehalten.
Nachdruck, auch auszugsweise, nur mit
ausdrücklicher Genehmigung des Verlages.
ISBN 3-551-74695-8
Printed in Germany

www.carlsencomics.de

TREFFPUNKT **SHAYRA-BRUNNEN**.

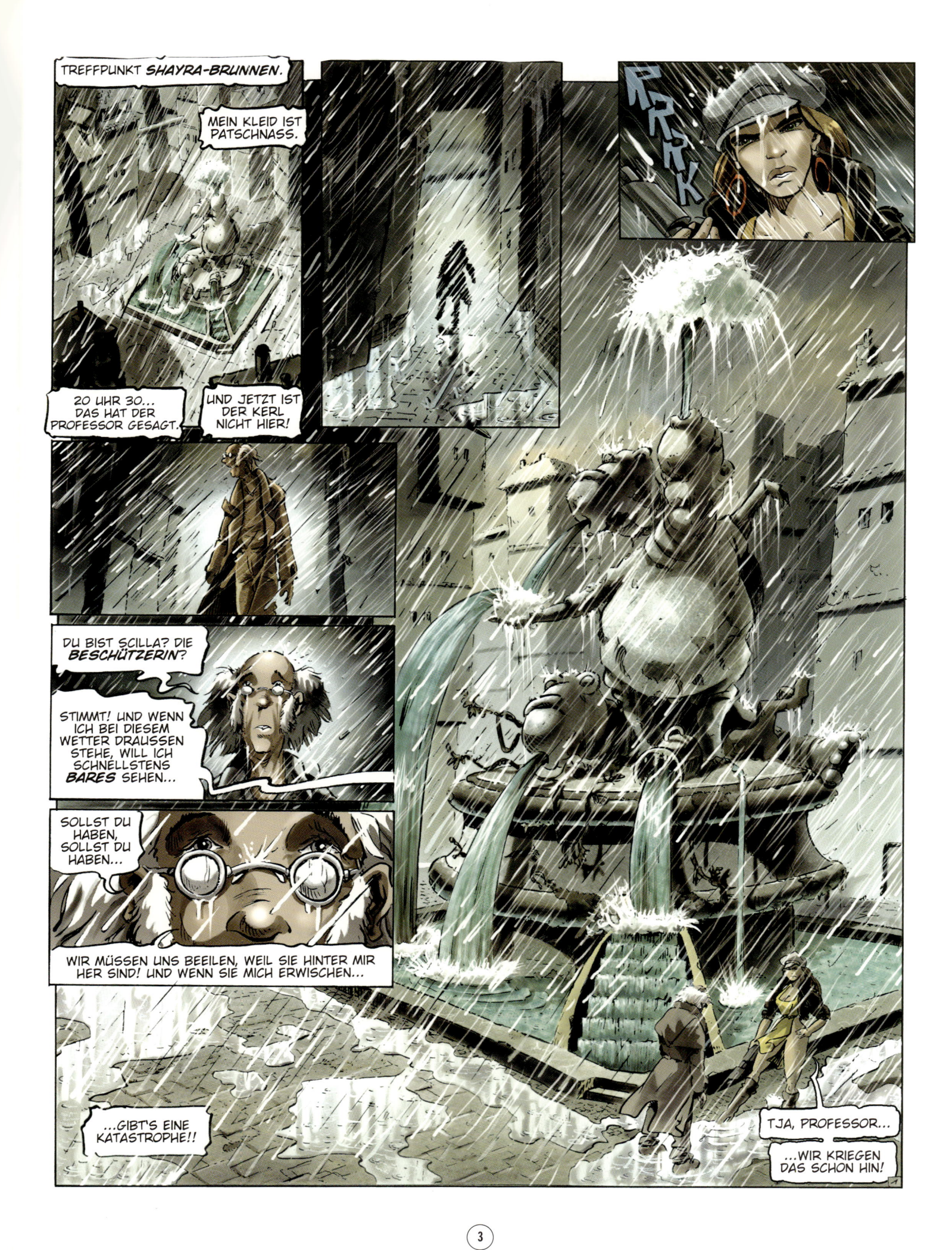

MEIN KLEID IST PATSCHNASS.

20 UHR 30... DAS HAT DER PROFESSOR GESAGT.

UND JETZT IST DER KERL NICHT HIER!

DU BIST SCILLA? DIE *BESCHÜTZERIN*?

STIMMT! UND WENN ICH BEI DIESEM WETTER DRAUSSEN STEHE, WILL ICH SCHNELLSTENS *BARES* SEHEN...

SOLLST DU HABEN, SOLLST DU HABEN...

WIR MÜSSEN UNS BEEILEN, WEIL SIE HINTER MIR HER SIND! UND WENN SIE MICH ERWISCHEN...

...GIBT'S EINE KATASTROPHE!!

TJA, PROFESSOR...

...WIR KRIEGEN DAS SCHON HIN!

OKAY! PROJEKTION!
SPITZE! HAST DU NOCH GEL...?
HE! SEHT MAL DEN HALB-STARKEN!
HOPP, HOPP! ARBEIT, MÄDELS!
OKAY, GEBT IHM DIE FLUPPEN! MEIN GOTT, IS DAS 'N FOTOTERMIN ODER 'N KAFFEEKRÄNZCHEN?
ZACKI, ZACKI!
Maribour
SO, KLEINER! DAS IST UNSERE MESSAGE: MARIBOUR MACHT COOL! DU KANNST NOCH SO EIN ARSCH SEIN...
...MIT MARIBOUR KOMMST DU AN DIE SCHNITTEN RAN!
HIHI.
KLARO, ALTER! GUT SO?
ICH GLAUB, MEIN HÖSCHEN RUTSCHT...
MEIN GOTT, NICH SO VERKRAMPFT! NEHMT IHM MAL DAS HANDTUCH WEG!
WAS MUFFT HIER EIGENT-LICH SO?
DAS IST DER TYP...
JA! DAS IST DIE MESSAGE!
HEP

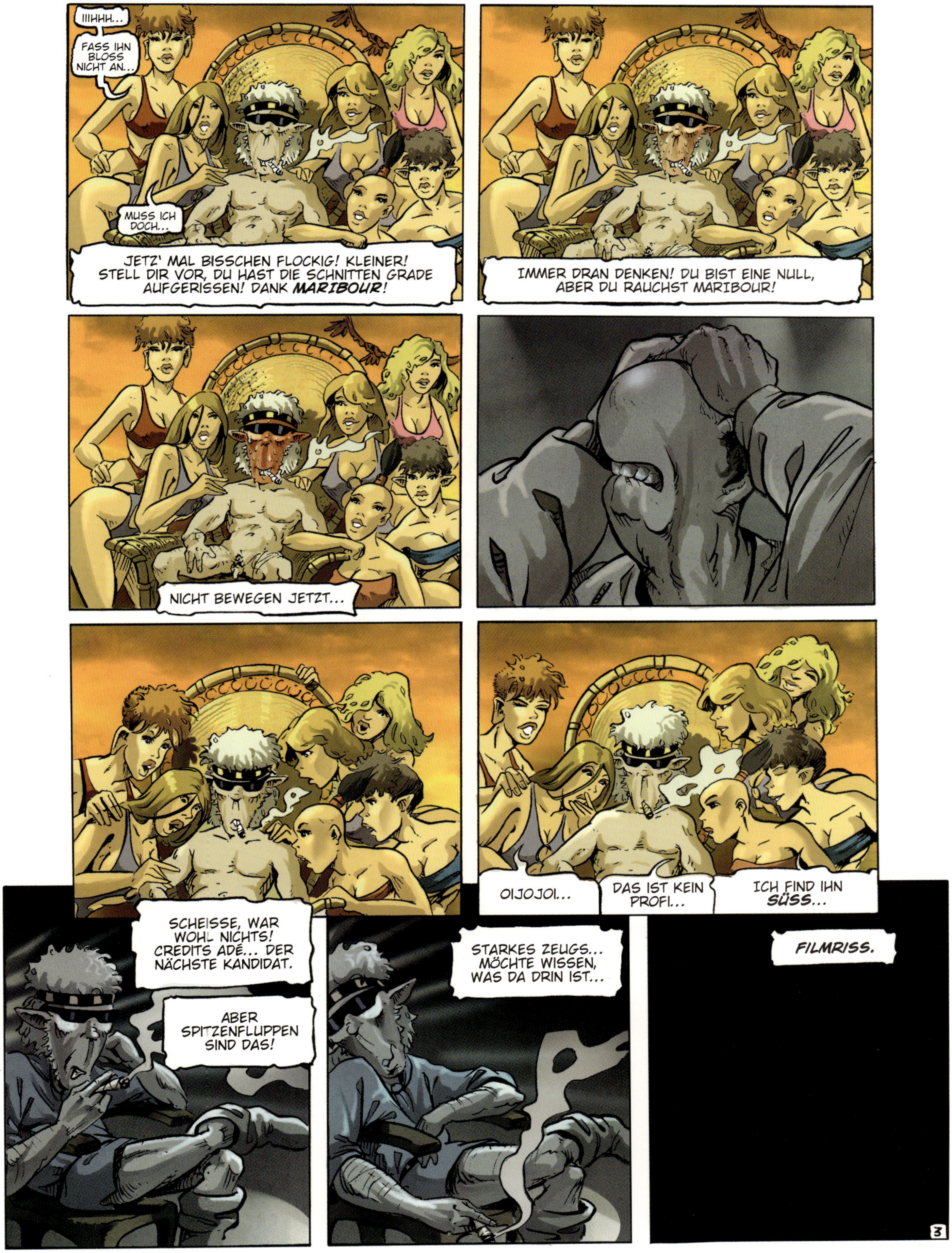
IIIHHH...
FASS IHN BLOSS NICHT AN...
MUSS ICH DOCH...
JETZ' MAL BISSCHEN FLOCKIG! KLEINER! STELL DIR VOR, DU HAST DIE SCHNITTEN GRADE AUFGERISSEN! DANK MARIBOUR!
IMMER DRAN DENKEN! DU BIST EINE NULL, ABER DU RAUCHST MARIBOUR!
NICHT BEWEGEN JETZT...
OIJOJOI...
DAS IST KEIN PROFI...
ICH FIND IHN SÜSS...
SCHEISSE, WAR WOHL NICHTS! CREDITS ADÉ... DER NÄCHSTE KANDIDAT.
ABER SPITZENFLUPPEN SIND DAS!
STARKES ZEUGS... MÖCHTE WISSEN, WAS DA DRIN IST...
FILMRISS.
3

ICH HAB DICH NATÜRLICH MIT ABSICHT **HIERHER** BESTELLT. WEISST DU, WAS DAS DA HINTER DIR IST?
KLAR! DER **SHAYRA-BRUNNEN**!
SHAYRA SIND DIE AUSGESTORBENEN UREINWOHNER VON MONTARAY... DAVON GIBT'S SEIT TAUSEND JAHREN KEINE MEHR...
JEDENFALLS DENKEN DAS ALLE.
ZWEIFEL?
ICH WEISS NICHT, ICH WEISS NICHT...
DA SIND SIE! ICH WILL DEN PROFESSOR **LEBENDIG**...
UND SAGT DEN ANDEREN BESCHEID!
ES WAR VOR EIN PAAR WOCHEN... ALS DIESER SELTSAME KERL MIT EINEM NOCH SELTSAMEREN **AUFTRAG** KAM. ER HAT MICH ENGAGIERT, IN SEINEM LABOR EINE BESONDERE ART KRAUT FÜR IHN ZU ANALYSIEREN... ICH BIN **CHEMIKER**, MUSST DU WISSEN! DER BESTE, DEN MAN FÜR GELD KRIEGEN KANN... TJA, GELD HABEN SIE BEZAHLT, ZUMINDEST ANFANGS, UND ZWAR EINE GANZE MENGE!
SIE WOLLTEN AUS DEM KRAUT EINE NEUE TABAKSORTE MACHEN - UNTER DEM MARKENNAMEN MARIBOUR. UM DIE KOSTEN NIEDRIG ZU HALTEN, SOLLTE EIN KÜNSTLICHES VERFAHREN HER...
ASSISTENTEN HATTE ICH AUCH. ZWIELICHTE KERLE, ÜBELSTE SORTE...
DAS KRAUT ENTHÄLT SUCHTERZEUGENDE SUBSTANZEN. MEGAHOHE KONZENTRATION - SOLLTE DAS JEMALS UNTER DIE LEUTE KOMMEN, ES WÄR DIE SCHLIMMSTE KATASTROPHE SEIT DEN 12.000 DROGENTOTEN LETZTEN SOMMER!
EIN **RIESENGESCHÄFT**?
KORREKT. ABER DAS KRAUT LIESS SICH WEDER ZÜCHTEN NOCH SYNTHETISCH HERSTELLEN. AUSGESCHLOSSEN, DIE SACHE. DAS KONNTE ICH DEN TYPEN VOM **KONSORTIUM** ALLERDINGS NICHT OFFEN SAGEN... DIE HÄTTEN MICH SOFORT BESEITIGT, ALS UNERWÜNSCHTEN MITWISSER!
WIR LASSEN IHNEN EINEN AUSWEG OFFEN, KLAR? DEN DURCH DIE GASSE!
...UND SCHIESSEN ABSICHTLICH DANEBEN! HAARSCHARF, WENN ICH BITTEN DARF! SEHT IHR BLOSS, DASS IHR DIE **FRAU** UMLEGT...
ICH HAB SIE ALSO HINGEHALTEN, SOLANG ICH KONNTE. NA JA... UND ICH HAB BEHAUPTET, HÖCHSTENS EIN PAAR TAGE NOCH, DANN KOMMT DIE FORMEL - DARAUFHIN NAHM DAS KONSORTIUM DIE VERMARKTUNG IN ANGRIFF. **WERBEKAMPAGNEN, PLAKATE**... UND SO WEITER. BLOSS DER STOFF FEHLTE NOCH.
IN DER ERSTEN EUPHORIE HABEN SIE NICHT AUFGEPASST - UND MIR GELANG DIE FLUCHT...
KRAK

DU HAST ALSO GEWISSE LEUTE ZIEMLICH ÄRGERLICH GEMACHT...
JA! SIE BRAUCHEN MICH, DAMIT ICH WEITERMACHE... ABER WIR **VERHINDERN** DEN DEAL!
WARUM GEHST DU NICHT ZUM MAGISTRAT?
WEIL ICH KEIN IDIOT BIN. DIE GESCHICHTE GLAUBT KEIN MENSCH! WAHRSCHEINLICH HANDELT SICH'S UM DAS LEGENDÄRE **SHAYRA-KRAUT**, DAS DAMALS DIE ERSTEN SIEDLER ERWÄHNTEN... ANGEBLICH WAREN NUR DIE AUSGESTORBENEN SHAYRA FÄHIG, ES ZU ZÜCHTEN UND ZU ERNTEN. SOLCHES ZEUG WÄCHST NICHT WILD, DAS MUSS **ANGEBAUT** WERDEN...
UND DU DENKST JETZT...
EXAKT! ENTWEDER, DIE SHAYRA SIND ZURÜCK, ODER JEMAND HAT DIE ALTEN REZEPTE AUSGEGRABEN...
DAS **NETZ**?
IST KLAR!
GIBT'S HINWEISE, WO DAS KRAUT HER IST?
SIE WOLLTEN NICHTS DARÜBER SAGEN. MANCHE DER CHEMISCHEN BESTANDTEILE KOMMEN IN SUNSIT-CITY ALLERDINGS GAR NICHT VOR...! DIE SUBSTANZEN STAMMEN AUS DEM **PERLIACH-GEBIRGE**. DAS IST MEHR ALS DREIHUNDERT KILOMETER VON HIER, IN DER **TODESWÜSTE**...
JETZT!!
HE...!
BANG BANG
HOPP, PROFESSOR!
AKTION, MEIN KLEINER SESSELPUPER... VERGISS DIE PLATTFÜSSE UND DEN HEXENSCHUSS...
5

VERD...
AAAAH!
HOLT SIE!
RRSK
HILF MIR! HILF MIR DOCH!
HÖR AUF ZU ZAPPELN!
BANG
BANG
TEMPO!
JAJA...
ICH... ICH... KANN NICHT MEHR...
KOFF KOFF
HAT KEINEN SINN! DU BIST ZU LANGSAM!
DA SIND SIE SCHON!

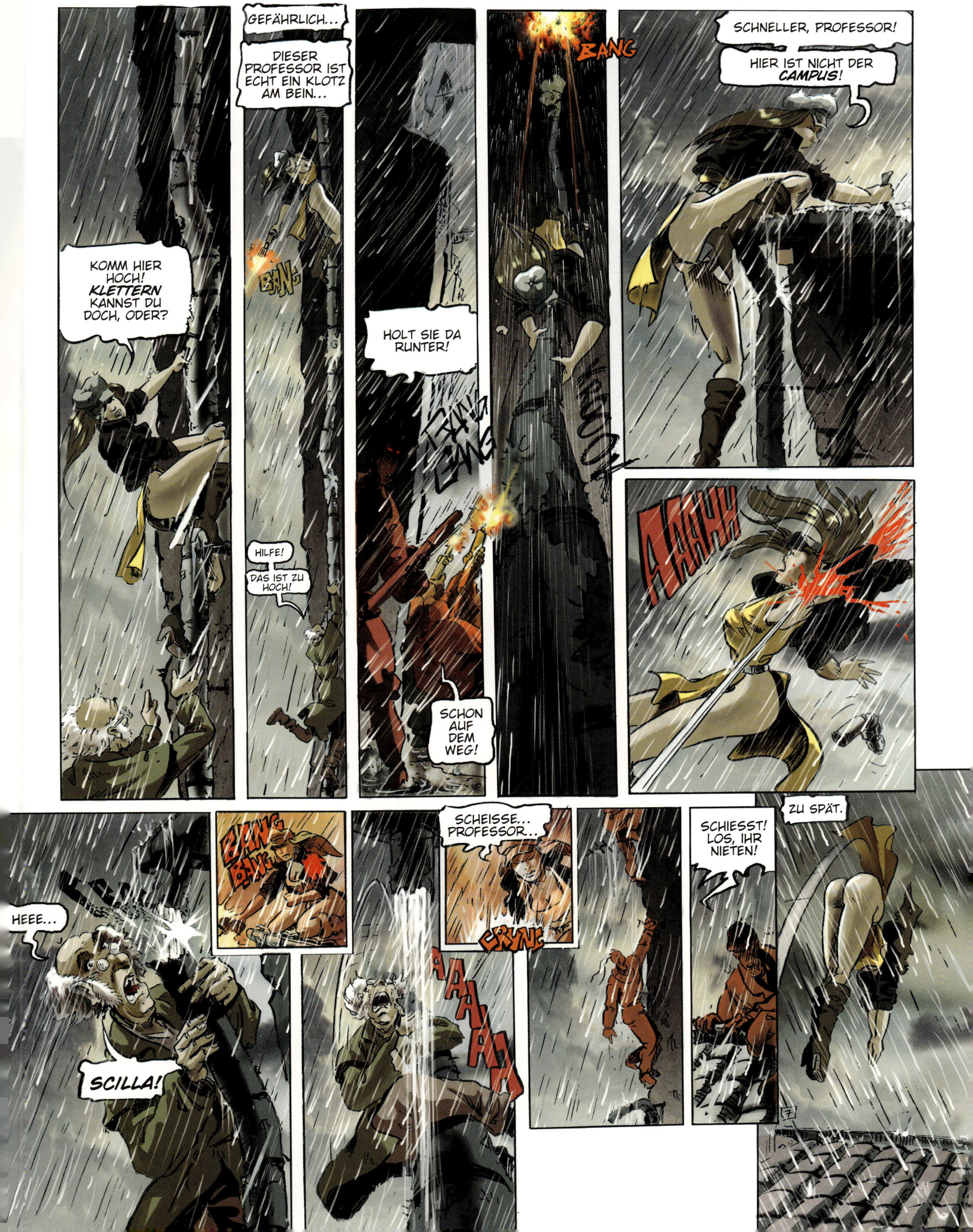
KOMM HIER HOCH! KLETTERN KANNST DU DOCH, ODER?
GEFÄHRLICH...
DIESER PROFESSOR IST ECHT EIN KLOTZ AM BEIN...
BANG
HILFE!
DAS IST ZU HOCH!
HOLT SIE DA RUNTER!
SCHON AUF DEM WEG!
BANG
SCHNELLER, PROFESSOR!
HIER IST NICHT DER CAMPUS!
AAAHH
HEEE...
SCILLA!
BANG BANG
SCHEISSE... PROFESSOR...
AAAAAA
SCHIESST! LOS, IHR NIETEN!
ZU SPÄT.

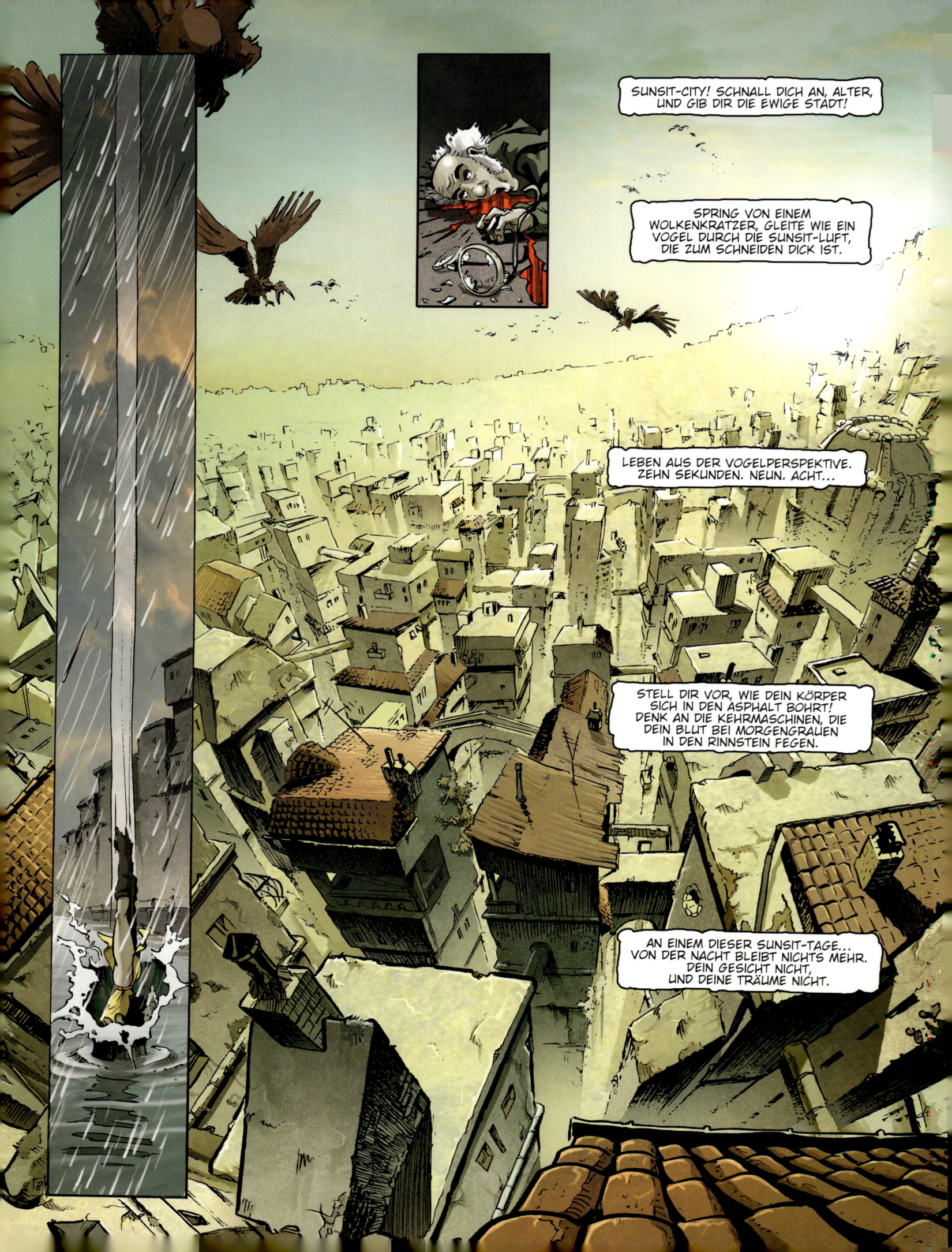

SUNSIT-CITY! SCHNALL DICH AN, ALTER, UND GIB DIR DIE EWIGE STADT!

SPRING VON EINEM WOLKENKRATZER, GLEITE WIE EIN VOGEL DURCH DIE SUNSIT-LUFT, DIE ZUM SCHNEIDEN DICK IST.

LEBEN AUS DER VOGELPERSPEKTIVE. ZEHN SEKUNDEN. NEUN. ACHT...

STELL DIR VOR, WIE DEIN KÖRPER SICH IN DEN ASPHALT BOHRT! DENK AN DIE KEHRMASCHINEN, DIE DEIN BLUT BEI MORGENGRAUEN IN DEN RINNSTEIN FEGEN.

AN EINEM DIESER SUNSIT-TAGE... VON DER NACHT BLEIBT NICHTS MEHR. DEIN GESICHT NICHT, UND DEINE TRÄUME NICHT.

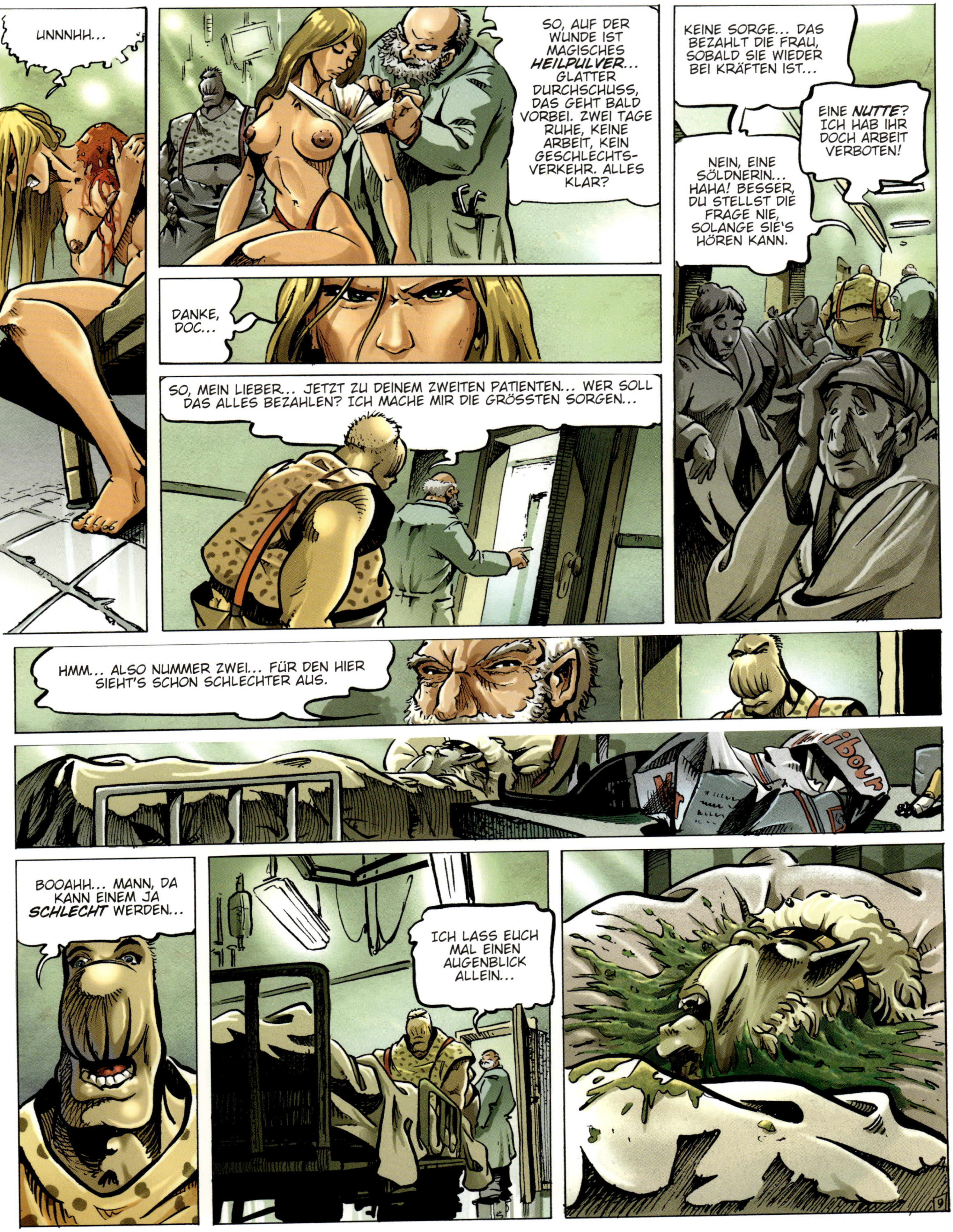
UNNNHH...
SO, AUF DER WUNDE IST MAGISCHES HEILPULVER... GLATTER DURCHSCHUSS, DAS GEHT BALD VORBEI. ZWEI TAGE RUHE, KEINE ARBEIT, KEIN GESCHLECHTS-VERKEHR. ALLES KLAR?
DANKE, DOC...
SO, MEIN LIEBER... JETZT ZU DEINEM ZWEITEN PATIENTEN... WER SOLL DAS ALLES BEZAHLEN? ICH MACHE MIR DIE GRÖSSTEN SORGEN...
KEINE SORGE... DAS BEZAHLT DIE FRAU, SOBALD SIE WIEDER BEI KRÄFTEN IST...
EINE NUTTE? ICH HAB IHR DOCH ARBEIT VERBOTEN!
NEIN, EINE SÖLDNERIN... HAHA! BESSER, DU STELLST DIE FRAGE NIE, SOLANGE SIE'S HÖREN KANN.
HMM... ALSO NUMMER ZWEI... FÜR DEN HIER SIEHT'S SCHON SCHLECHTER AUS.
BOOAHH... MANN, DA KANN EINEM JA SCHLECHT WERDEN...
ICH LASS EUCH MAL EINEN AUGENBLICK ALLEIN...

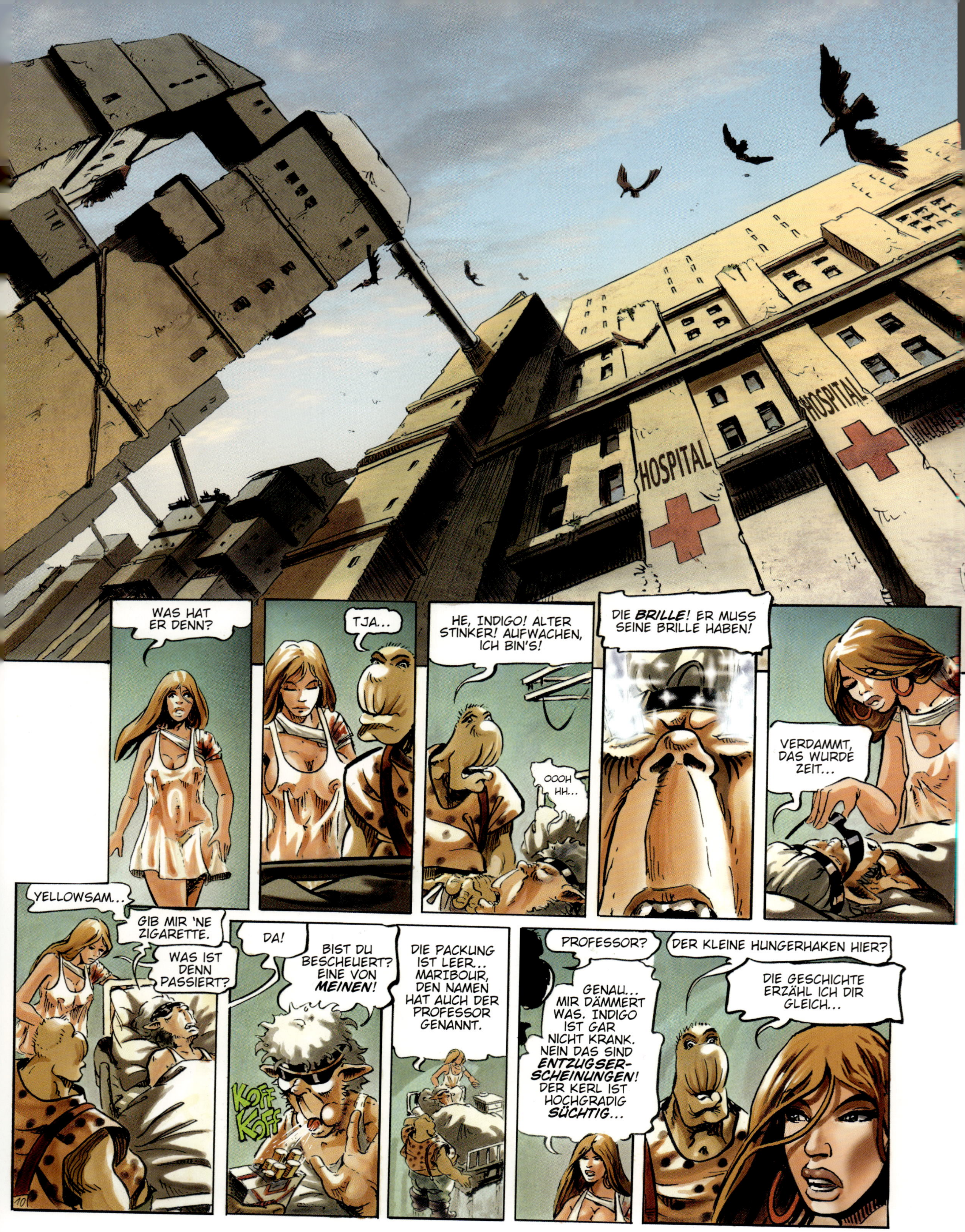
HOSPITAL
HOSPITAL
WAS HAT ER DENN?
TJA...
HE, INDIGO! ALTER STINKER! AUFWACHEN, ICH BIN'S!
OOOH HH...
DIE BRILLE! ER MUSS SEINE BRILLE HABEN!
VERDAMMT, DAS WURDE ZEIT...
YELLOWSAM...
GIB MIR 'NE ZIGARETTE.
WAS IST DENN PASSIERT?
DA!
BIST DU BESCHEUERT? EINE VON MEINEN!
KOFF KOFF
DIE PACKUNG IST LEER.. MARIBOUR, DEN NAMEN HAT AUCH DER PROFESSOR GENANNT.
PROFESSOR?
GENAU... MIR DÄMMERT WAS. INDIGO IST GAR NICHT KRANK. NEIN DAS SIND ENTZUGSER-SCHEINUNGEN! DER KERL IST HOCHGRADIG SÜCHTIG...
DER KLEINE HUNGERHAKEN HIER?
DIE GESCHICHTE ERZÄHL ICH DIR GLEICH...

ZUR SEITE, DOC... ICH FÜRCHTE, SIE KÖNNEN UNSEREM FREUND AUCH NICHT HELFEN...

'NE ZIGARETTE...

...UND WENN ER PECH HAT, HILFT IHM KEINER MEHR.

MARIBOUR? SIND DIE NEU?

DENEN KANNST DU ALLES VERKAUFEN...

ARSCHLOCH, ARSCHLOCH...

DICH KRIEG ICH NOCH...

EGAL, OB'S DICH TÖTET ODER KRANK MACHT...

EGAL, OB EIN ZAUBERDOC DICH NACHHER HEILEN KANN...

LASS IHN LIEGEN... DER IST NICHT KRANK, DER SCHLÄFT BLOSS...

ICH GLAUB, ER MUSS KOTZEN...

ICH GLAUB, ER HAT SCHON...

IGITT... ER KOTZT 'NE GRÜNE SOSSE... DAS GELBE DA BEWEGT SICH NOCH... SAG MAL, SCILLA... FRISST INDIGO EIGENTLICH *WÜRMER*? MAN WUNDERT SICH ÜBER DIE EIGENEN KUMPELS...

HÖR ZU, YELLOWSAM: WIR STECKEN MITTEN IN EINER VON DIESEN *GESCHICHTEN* DRIN!!

Betreten verboten

HALLO ALTER! AUFGEWACHT!

ICH WEISS, DASS DU HIER ZWÖLF **LASTFAHRZEUGE** BESITZT. DIE WILL ICH LEIHEN. ALLE. AUF UNBESTIMMTE ZEIT. MEINE MITARBEITER WERDEN SIE HOLEN.

STIMMT.

VERGISS ES, VERSCHWINDET... DIE DINGER SIND VORBESTELLT.

DEIN FEHLER, ALTER.

KRIK KRAK

TINKI! WINKI! REX! **VERJAGT SIE!**

UPPS.

HOPPLA...

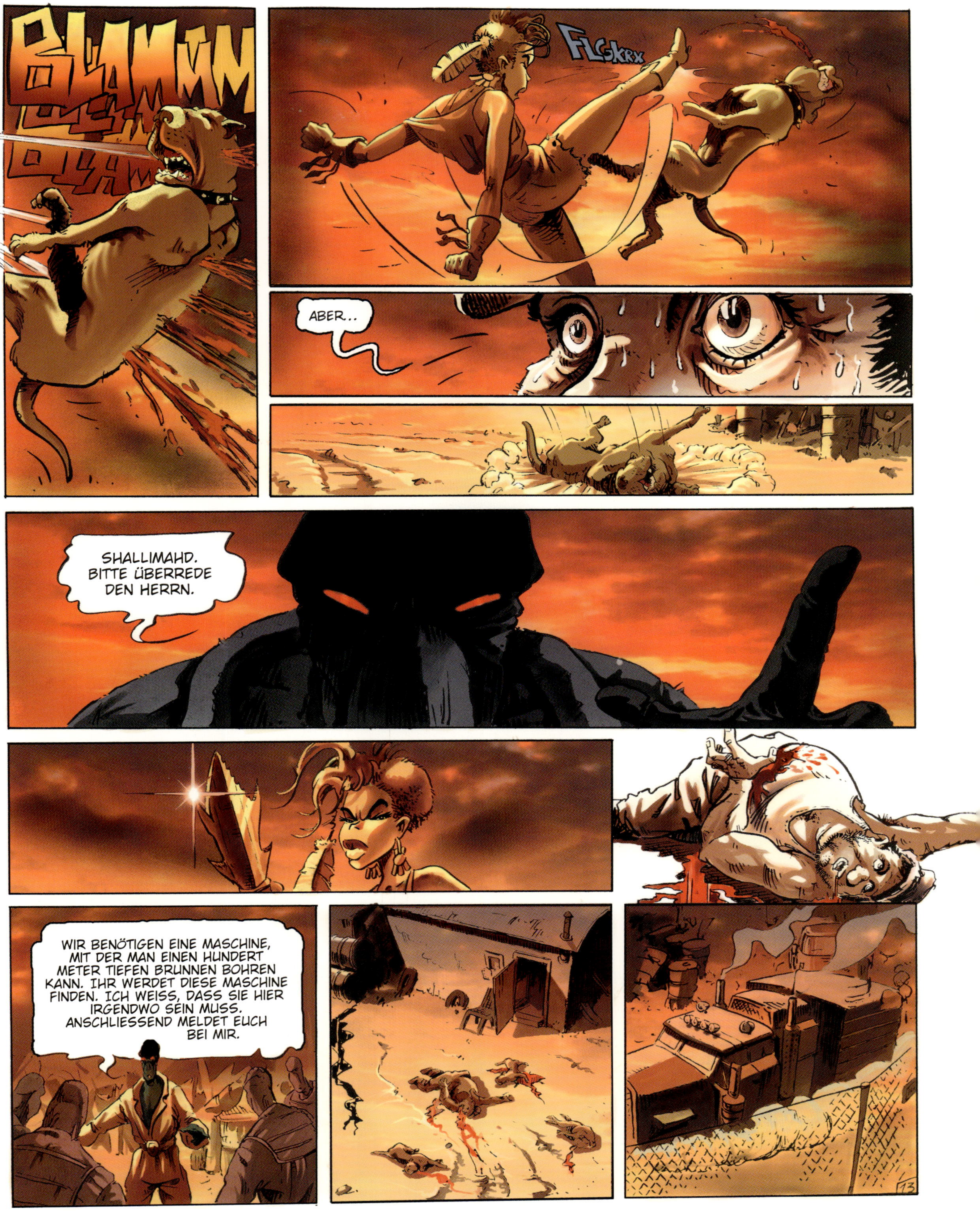
BLAMM
FLGKRX
ABER...
SHALLIMAHD. BITTE ÜBERREDE DEN HERRN.
WIR BENÖTIGEN EINE MASCHINE, MIT DER MAN EINEN HUNDERT METER TIEFEN BRUNNEN BOHREN KANN. IHR WERDET DIESE MASCHINE FINDEN. ICH WEISS, DASS SIE HIER IRGENDWO SEIN MUSS. ANSCHLIESSEND MELDET EUCH BEI MIR.
13

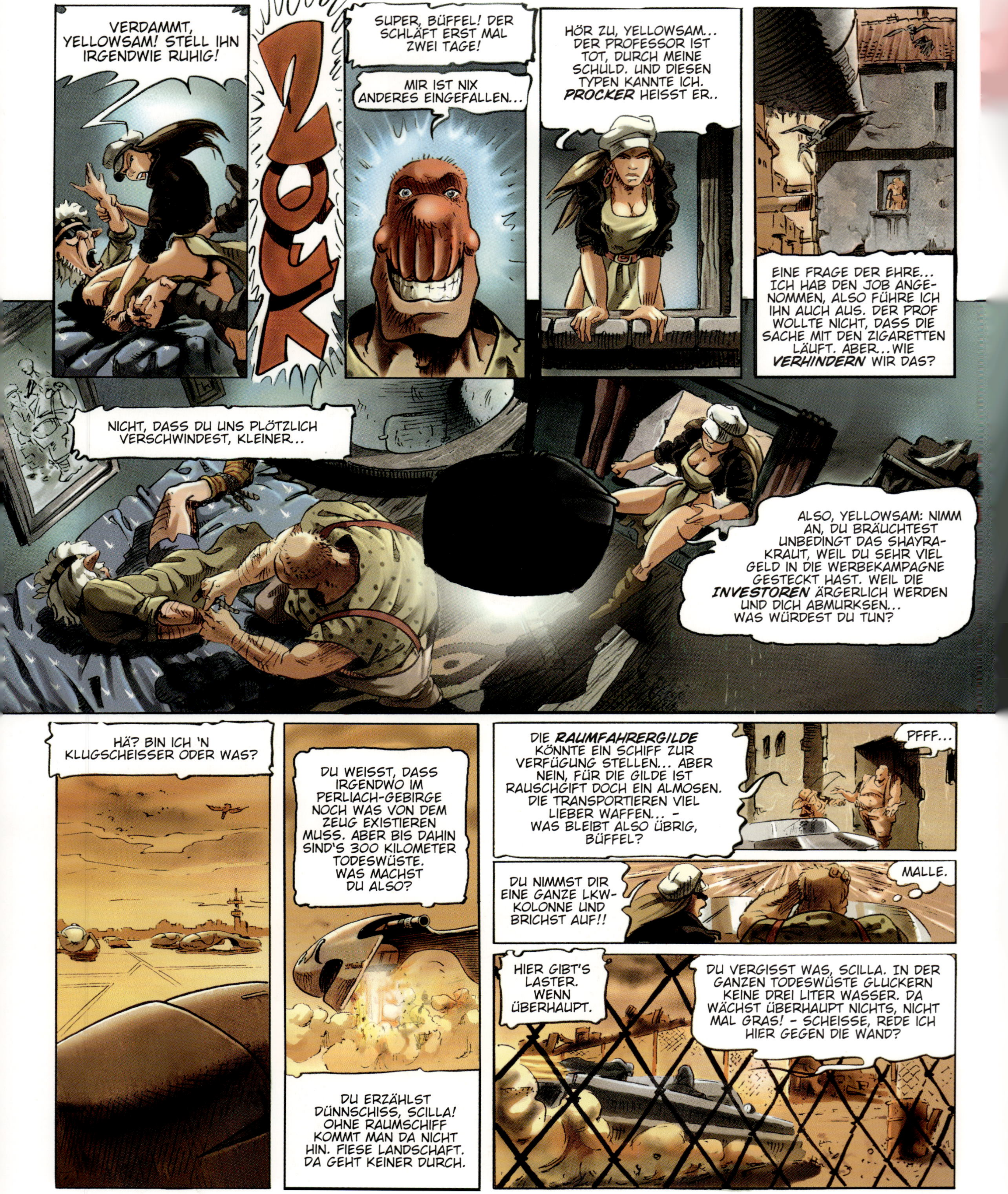
VERDAMMT, YELLOWSAM! STELL IHN IRGENDWIE RUHIG!
ZOCK
SUPER, BÜFFEL! DER SCHLÄFT ERST MAL ZWEI TAGE!
MIR IST NIX ANDERES EINGEFALLEN...
HÖR ZU, YELLOWSAM.. DER PROFESSOR IST TOT, DURCH MEINE SCHULD. UND DIESEN TYPEN KANNTE ICH. PROCKER HEISST ER..
EINE FRAGE DER EHRE... ICH HAB DEN JOB ANGENOMMEN, ALSO FÜHRE ICH IHN AUCH AUS. DER PROF WOLLTE NICHT, DASS DIE SACHE MIT DEN ZIGARETTEN LÄUFT. ABER...WIE VERHINDERN WIR DAS?
NICHT, DASS DU UNS PLÖTZLICH VERSCHWINDEST, KLEINER...
ALSO, YELLOWSAM: NIMM AN, DU BRÄUCHTEST UNBEDINGT DAS SHAYRA-KRAUT, WEIL DU SEHR VIEL GELD IN DIE WERBEKAMPAGNE GESTECKT HAST. WEIL DIE INVESTOREN ÄRGERLICH WERDEN UND DICH ABMURKSEN... WAS WÜRDEST DU TUN?
HÄ? BIN ICH 'N KLUGSCHEISSER ODER WAS?
DU WEISST, DASS IRGENDWO IM PERLIACH-GEBIRGE NOCH WAS VON DEM ZEUG EXISTIEREN MUSS. ABER BIS DAHIN SIND'S 300 KILOMETER TODESWÜSTE. WAS MACHST DU ALSO?
DU ERZÄHLST DÜNNSCHISS, SCILLA! OHNE RAUMSCHIFF KOMMT MAN DA NICHT HIN. FIESE LANDSCHAFT. DA GEHT KEINER DURCH.
DIE RAUMFAHRERGILDE KÖNNTE EIN SCHIFF ZUR VERFÜGUNG STELLEN... ABER NEIN, FÜR DIE GILDE IST RAUSCHGIFT DOCH EIN ALMOSEN. DIE TRANSPORTIEREN VIEL LIEBER WAFFEN... - WAS BLEIBT ALSO ÜBRIG, BÜFFEL?
PFFF...
DU NIMMST DIR EINE GANZE LKW-KOLONNE UND BRICHST AUF!!
MALLE.
HIER GIBT'S LASTER. WENN ÜBERHAUPT.
DU VERGISST WAS, SCILLA. IN DER GANZEN TODESWÜSTE GLUCKERN KEINE DREI LITER WASSER. DA WÄCHST ÜBERHAUPT NICHTS, NICHT MAL GRAS! - SCHEISSE, REDE ICH HIER GEGEN DIE WAND?

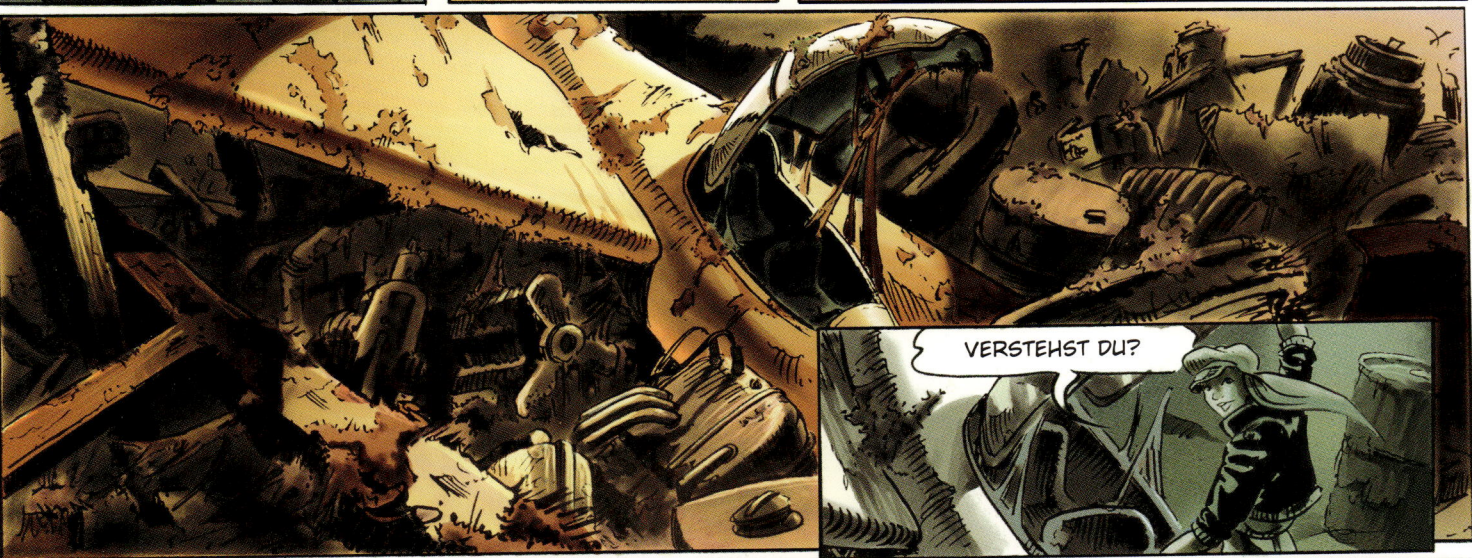

TOT! SEIT EINER STUNDE... DIE ARMEN *HUNDE* AUCH.	HIER IST NICHTS MEHR... KEINE LASTER, OBWOHL SIE DA SEIN MÜSSTEN... DIE HOLEN WIR NIE WIEDER EIN...	HALT DEN MUND, DICKER... ICH HAB EINE *IDEE*... WAS...?

VERSTEHST DU?

WENN DU GLAUBST, DASS ICH MICH DA REINSETZE, SPINNST DU VÖLLIG!

UND WENN DU GLAUBST, DASS DU DICH DRÜCKEN KANNST, RUPFE ICH DIR EINZELN DIE FEDERN AUS.

HÄ? FEDERN??

ÜBER DER WÜSTE IST JEDE MENGE THERMIK. DA ÜBERSTEHEN WIR DIE 300 KILOMETER LEICHT. VON OBEN FINDEN WIR SIE VIELLEICHT WIEDER.

WIR MACHEN ES SCHON FÜR INDIGO. FÜR DEN SPINNER RISKIER ICH DOCH MEINE DREI EIER NICHT! HAB *ICH* IHN ETWA GEZWUNGEN, DIESES ZEUG ZU QUARZEN?

QUATSCH NICHT. LEG IHN SCHLAFEN.

ZOK!

KOMM SCHON, BÜFFEL. ALLEINE SCHAFF ICH'S NICHT... SCHEISSE...

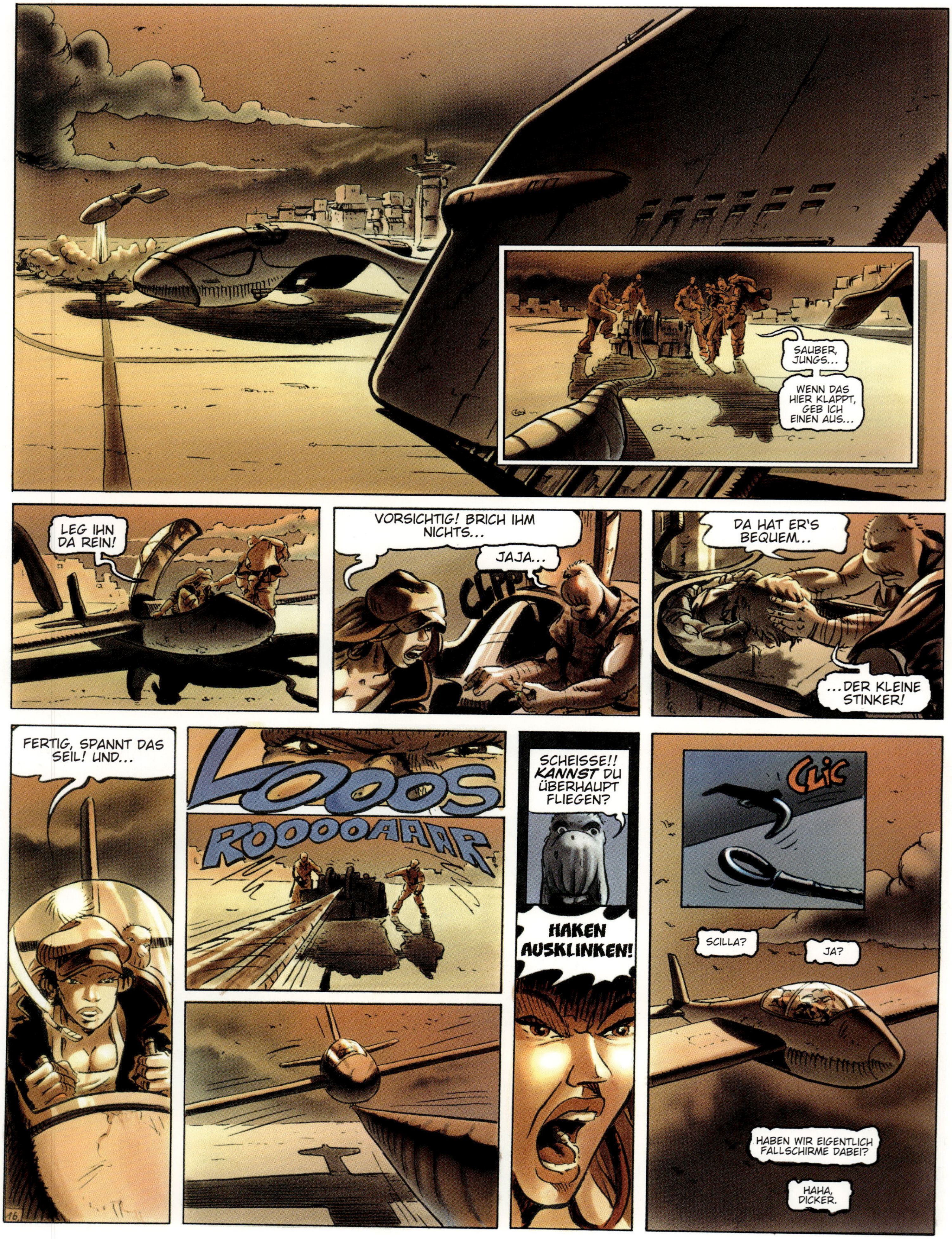
SAUBER, JUNGS...
WENN DAS HIER KLAPPT, GEB ICH EINEN AUS...
LEG IHN DA REIN!
VORSICHTIG! BRICH IHM NICHTS...
JAJA...
DA HAT ER'S BEQUEM...
...DER KLEINE STINKER!
FERTIG, SPANNT DAS SEIL! UND...
LOOOS
ROOOOAAAR
SCHEISSE!! KANNST DU ÜBERHAUPT FLIEGEN?
HAKEN AUSKLINKEN!
CLIC
SCILLA?
JA?
HABEN WIR EIGENTLICH FALLSCHIRME DABEI?
HAHA, DICKER.

SUNSIT-CITY... ÜBER DEN WOLKEN.

HIMMELFAHRT TOURISTENKLASSE, ABENTEUER LUFTFAHRT.

WO DER HORIZONT BLAU IST WIE DIE SÄUFER BEI MORGENGRAUEN. DIE WOLKEN SCHWEFELGELB WIE DAS WASSER IM HAFENBECKEN...

IST ES NICHT WIE LOTTERIE? SCHMEISS DEN LETZTEN CREDIT, DEN DU HAST, ZUM FENSTER RAUS. WO DU HINFLIEGST, HILFT KEIN GELD.

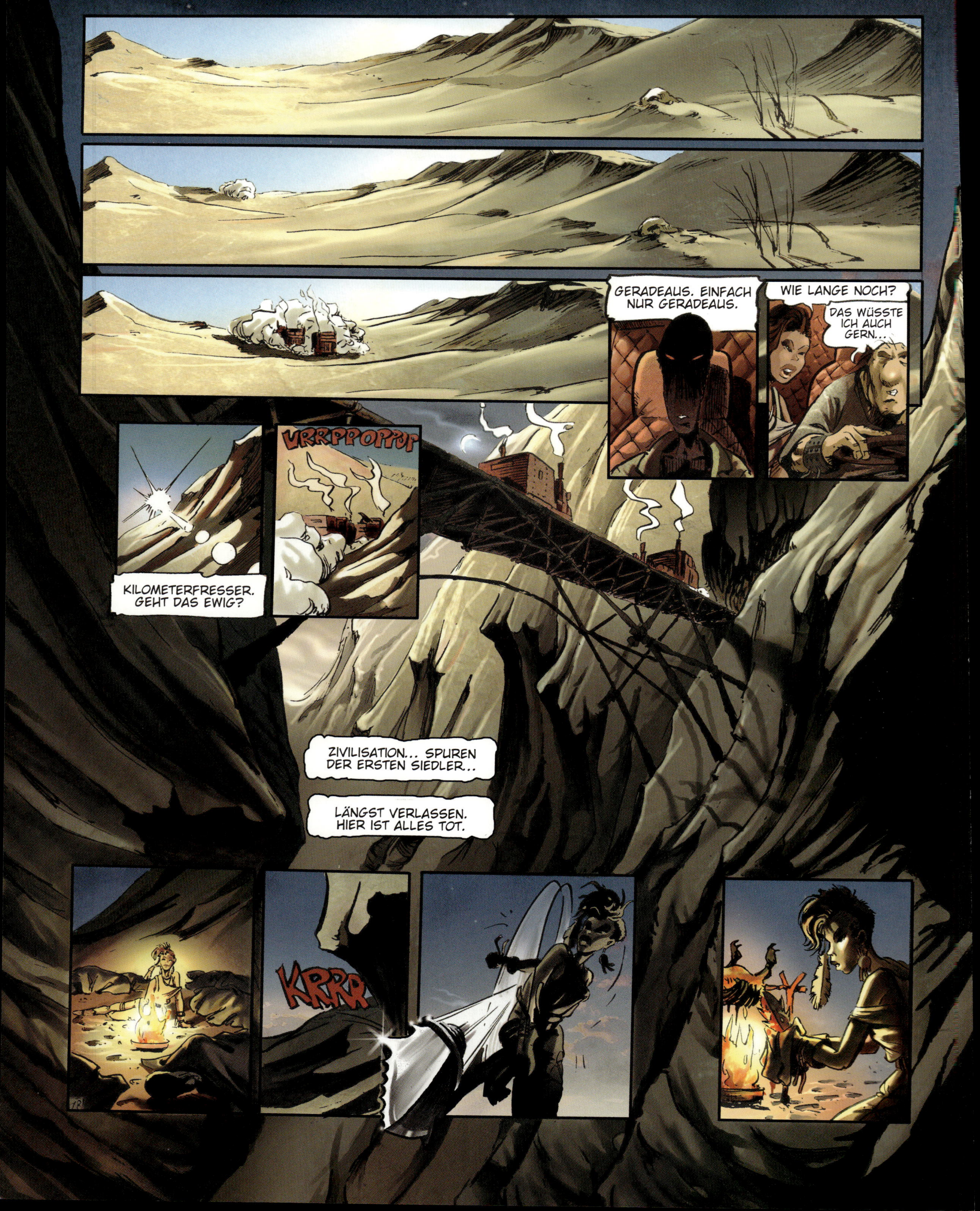
GERADEAUS. EINFACH NUR GERADEAUS.
WIE LANGE NOCH?
DAS WÜSSTE ICH AUCH GERN...
KILOMETERFRESSER. GEHT DAS EWIG?
URRPPOPPOP
ZIVILISATION... SPUREN DER ERSTEN SIEDLER...
LÄNGST VERLASSEN. HIER IST ALLES TOT.
KRRR

VERDAMMT!
WO SIND SIE?
BEEIL DICH! INDIGO KOTZT IMMER NOCH DAUERND...
MACH DIR UM IHN KEINE SORGEN... BALD IST DER MAGEN LEER...
MACH ICH AUCH NICHT! ICH KANN BLOSS DEN GESTANK NICHT AB!
SAG MAL, SCILLA... ICH LÄSTERE JA UNGERN... ABER WENN WIR DIE KERLE GEFUNDEN HABEN... MAL ANGENOMMEN, WIR LANDEN UND SCHIESSEN SIE ÜBER DEN HAUFEN... WIE KOMMEN WIR DA JEMALS WEG? 'NE MOTORWINDE ZUM STARTEN GIBT'S DA UNTEN NICHT!
HE, PROCKER! ICH SEHE WAS, WAS DU NICHT SIEHST!
SIEH AN... DAS IST BESTIMMT DIESE FRAU VOM PROFESSOR... WIE GEFÄLLT DIR DAS, SHALLIMAHD?
ÜBERHAUPT NICHT! ICH KENN SIE NICHT - ABER ICH KANN WEIBER NUN MAL NICHT LEIDEN...!
SCILLA! DA UNTEN SIND SIE!
LÄNGST GESEHEN...

WEG HIER, SCILLA, WEG!
SCHIESS, SHALLIMAHD!
HOL SIE RUNTER!
VERGISS ES, PROCKER..
...DER STURM IST DA!
SCHNELL! IN DIE LASTER!

SCHEISSE! PASS DOCH AUF!

AAAA

GUTER TIPP, BÜFFEL...

ABER LEIDER ZU SPÄT!

GRRRASHH

KEINE AHNUNG, OB ICH DAS FLUGZEUG ERWISCHT HAB...

NA UND? ES GIBT KEIN FLUGZEUG, DAS DIESEN STURM ÜBERSTEHEN KÖNNTE!

STAUB WAREN SIE, UND ZU STAUB WERDEN SIE WIEDER.

IN EINEM SANDSTURM. WELCHE *IRONIE*.

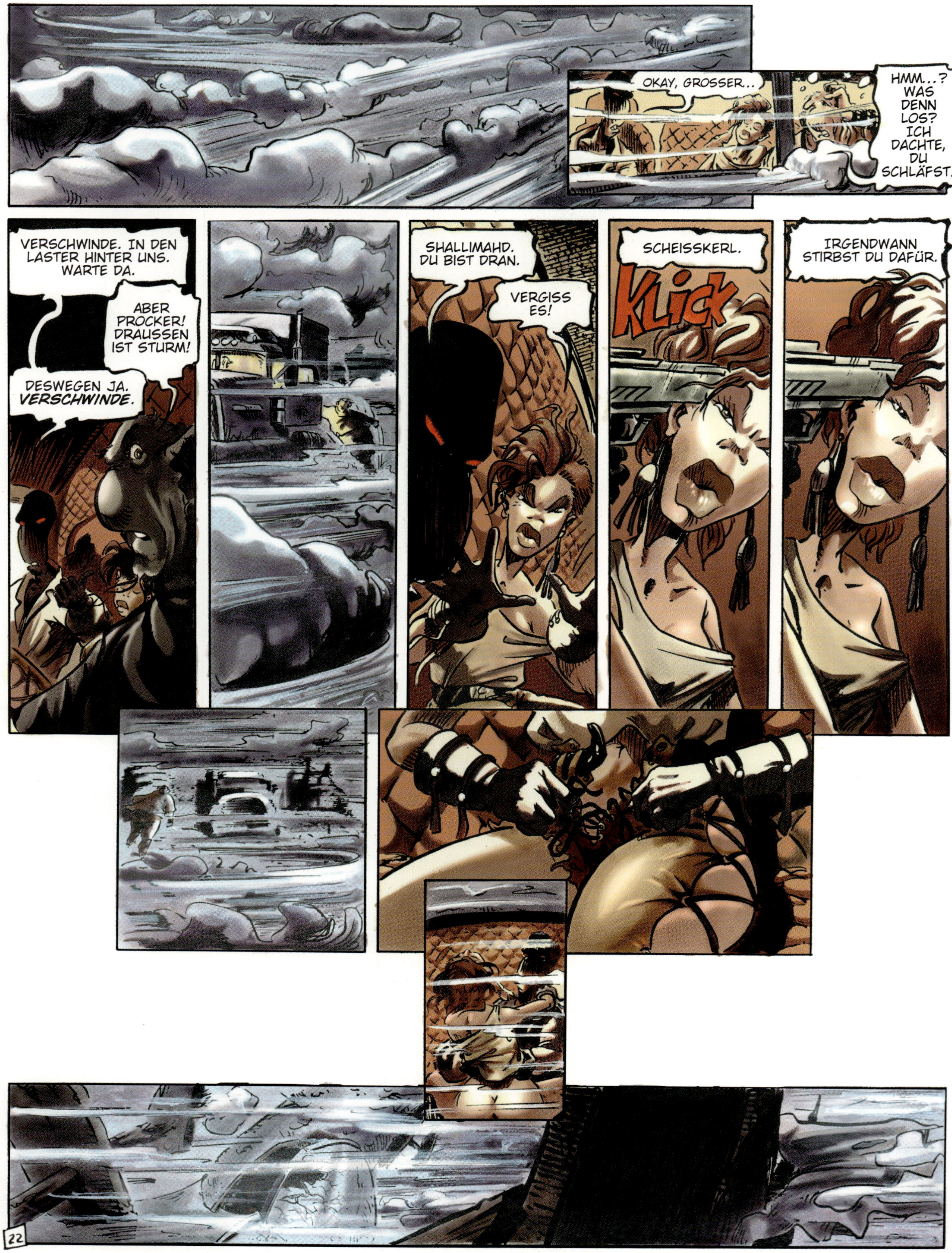
OKAY, GROSSER...
HMM...? WAS DENN LOS? ICH DACHTE, DU SCHLÄFST!
VERSCHWINDE. IN DEN LASTER HINTER UNS. WARTE DA.
ABER PROCKER! DRAUSSEN IST STURM!
DESWEGEN JA. **VERSCHWINDE**.
SHALLIMAHD. DU BIST DRAN.
VERGISS ES!
KLICK
SCHEISSKERL.
IRGENDWANN STIRBST DU DAFÜR.
22

VORBEI.

SO GUT WIE TOT.

EINE FRACHTPLANE... BESSER ALS NICHTS. *HER DAMIT!*

WIR SCHAUFELN DIE LASTER FREI! UND DANN GEHT'S WEITER!

HE, PROCKER... WAS IST MIT UNSEREN VERFOLGERN? BIST DU SICHER, DASS SIE *TOT* SIND?

STILL, SHALLI-MAHD! DU BIST ZUM TÖTEN HIER. NICHT ZUM DENKEN!

DAS SEGELFLUGZEUG...

...IST GESCHICHTE!

VIELLEICHT SCHAFFEN WIR ES HEUTE NOCH. WENN ES KEINEN ZWEITEN SANDSTURM GIBT.

MEINST DU?

SCHEISSE! DAS IST 'NE SACKGASSE!

HALT DEN MUND. FAHR EINFACH.

MERKWÜRDIG. WOHER KOMMT *HOLZ* IN DIE TODESWÜSTE?

HILF MIR! INDIGO IST GANZ SCHÖN SCHWER!

KOFF KOFF

SIEHT SCHLECHT AUS... DAS MEISTE WASSER IST AUSGELAUFEN...

HUNDERTTAUSEND KILOMETER. MINDESTENS...
DAS KANN EIN MENSCH NICHT SCHAFFEN...
NICHT MAL DER BÜFFEL...
MACH LANGSAM! UNSERE LETZTE FLASCHE!
WASSER... BITTE...
TRINKEN...
ZOCK
DAS NÄCHSTE MAL SANFTER, YELLOWSAM. INDIGO KRIEGT LANGSAM BEULEN...
DER KERL IST ECHT KOMISCH... IMMER FRAGT ER NACH DEM, WAS WIR GRAD NICHT HABEN. MAL NACH WAS ZU RAUCHEN, DANN NACH WASSER...
NÄCHSTENS WILL ER 'NEN SWIMMING-POOL!
BANG BANG
WAS JETZT, PROCKER?
WIR KLOPFEN AN!
WAS?
MUSS ICH DENN ALLES ZWEIMAL SAGEN?
SESAM...
WWRRRKKKRR
...ÖFFNE DICH!

DAHINTEN MÜSSEN WIR HIN. ZU DEN ROTEN FELSEN. DAS GEBIET HAT DER PROFESSOR GEMEINT...

YELLOWSAM? HÖRST DU?

ICH...?

YELLOWSAM!!

SCHEISSE.

KOMM SCHON, BÜFFEL... ICH BIN SICHER, DASS ES BEI DEN ROTEN FELSEN WASSER GIBT...

WASSER, SCILLA?

DU LÜGST DOCH, ODER?

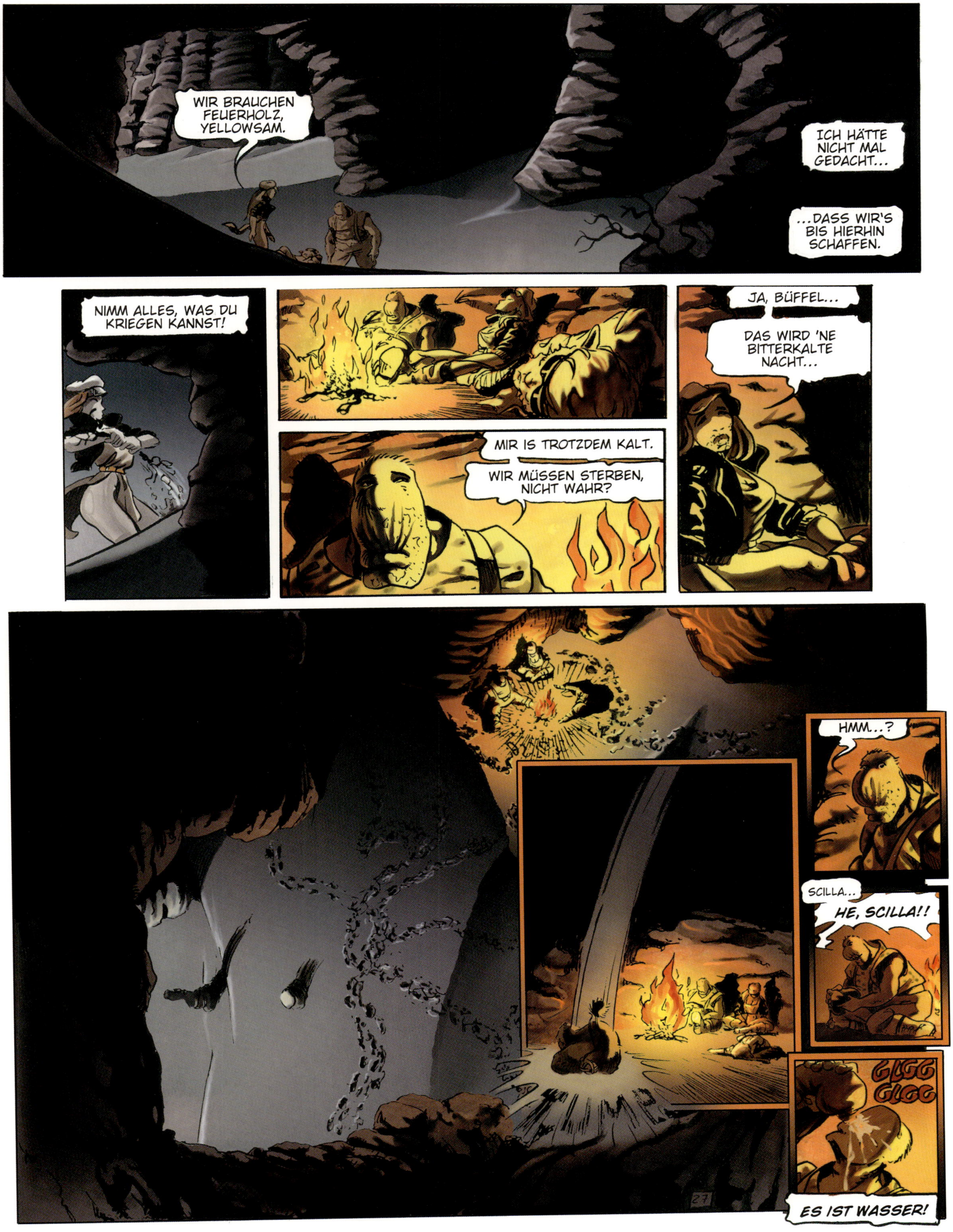

WIR BRAUCHEN FEUERHOLZ, YELLOWSAM.
ICH HÄTTE NICHT MAL GEDACHT...
...DASS WIR'S BIS HIERHIN SCHAFFEN.
NIMM ALLES, WAS DU KRIEGEN KANNST!
MIR IS TROTZDEM KALT.
WIR MÜSSEN STERBEN, NICHT WAHR?
JA, BÜFFEL...
DAS WIRD 'NE BITTERKALTE NACHT...
HMM..?
SCILLA...
HE, SCILLA!!
GLGG GLGG
ES IST WASSER!

FINGER WEG!
LASS MIR AUCH WAS ÜBRIG!
VOLL AUF'S MAUL!
WAS 'NE KELLE...
TUMP
TUMP
DECKEN!
ICH SEH OBEN NACH...!
NICHTS. NIEMAND.
EIN UNBEKANNTER *LEBENSRETTER*... ABER WARUM IST ER VERSCHWUNDEN?
NNNNN...
SCHLAF GUT, KLEINER.
TZOCK
28

WAS ZUM...

OOOO

ACH DU WARST DAS HEUTE NACHT.

JA.

WIR.

KOMMT MIT!

WIR WISSEN EINEN KLEINEN TEICH...

...GANZ IN DER NÄHE!

DA DRINNEN?

GEH EINFACH REIN...

DIE TOTEN SHAYRA. ES KANN NICHT ANDERS SEIN.

ICH BIN HAUPTMANN LENNZVERG. UND IHR? SEID IHR VOM **KONSORTIUM**?
AUS DER FERNEN STADT?
PINNTA, HALT DEN MUND! HIER GEHT'S UM WICHTIGE SACHEN!
IS JA GUT...
AUS DER GROSSEN STADT? JA?
MEINE GÜTE...
MEIN NAME IST PROCKER.
WIR BRINGEN DEN **BRUNNEN-BOHRER**. FÜHRT UNS ZU EUREM MAGIER.
NICHT SO HASTIG! ZEIG UNS ERST, DASS DU DEN BOHRER **WIRKLICH** HAST!
GENAU!
SIE KOMMEN AUS DER STADT, LENN! WAS MÜSSEN DIE ALLES ERLEBT HABEN!
HALT DEN MUND, PINNTA...
ALSO GUT! DU...UND EIN PAAR DEINER LEUTE, POTTER. ABER ICH MUSS DICH WARNEN, ES GIBT SCHWIERIGKEITEN...
PROCKER. NICHT POTTER.
SCHWIERIGKEITEN SIND WIR GEWÖHNT.
DER REICHTUM DER LETZTEN SHAYRA.
GROSSER! HÄNDE WEG!
ICH WOLLT JA NUR...
DIE STATUEN... AUS PUREM **GOLD**!
HÄNDE WEG!
SHAYRA-KRAUT... EIN GANZER **SILO** VOLL!
LAUF MIR NICHT VOR DIE FÜSSE, KLEINER...
TAUSEND TONNEN MARIBOUR. FÜR DIE VERLIERER IM LEBEN.
EINE MILLION KUNDEN. EINE MILLIARDE CREDITS. SIE WERDEN DEN PUTZ VON DEN WÄNDEN KRATZEN.
DAS EINZIGE, WAS ZWISCHEN UNS UND DEM HIMMEL STEHT, IST DER **MEISTERMAGIER DER SHAYRA**.
30

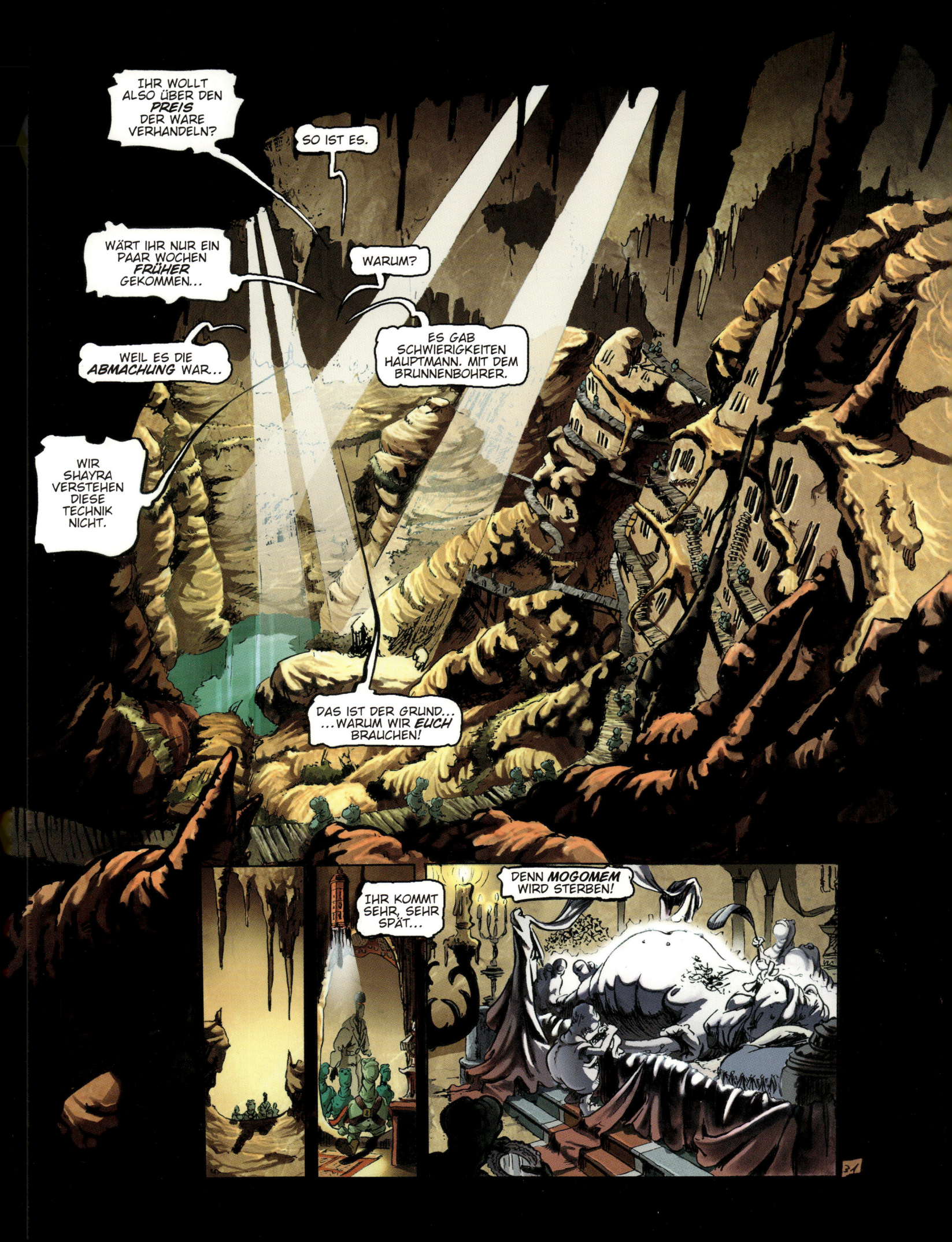

IHR WOLLT ALSO ÜBER DEN *PREIS* DER WARE VERHANDELN?

SO IST ES.

WÄRT IHR NUR EIN PAAR WOCHEN *FRÜHER* GEKOMMEN...

WARUM?

WEIL ES DIE *ABMACHUNG* WAR...

ES GAB SCHWIERIGKEITEN HAUPTMANN. MIT DEM BRUNNENBOHRER.

WIR SHAYRA VERSTEHEN DIESE TECHNIK NICHT.

DAS IST DER GRUND... ...WARUM WIR *EUCH* BRAUCHEN!

IHR KOMMT SEHR, SEHR SPÄT...

DENN *MOGOMEM* WIRD STERBEN!

ICH SCHÄTZE, WIR MÜSSEN UNS BEI EUCH BEDANKEN...

OHNE EUCH WÄREN WIR LETZTE NACHT VERDURSTET!

ABER HALLO!

GIB MIR... ...'NE *ZIGARETTE*!

BITTE, BÜFFEL!

TRINK LIEBER WAS.

DA HAST DU'S, KLEINER!

BLBB BLBB

SCHEISSE! DU VERDAMMTER...

ABER...

KEINE ANGST, DEM GEHT'S GUT! ER MECKERT JA SCHON WIEDER.

DU HAST IHN JA...

ICH BIN MIGERDOW, UND DAS IST POTENN. WIR HABEN LANGE NACHGEDACHT, ALS WIR EUCH ENTDECKTEN.

DIE GEFAHREN SIND RIESENGROSS FÜR UNS SHAYRA.

WOZU VERSTECKT IHR EUCH? IN SUNSIT-CITY HEISST ES IMMER, DIE UREINWOHNER SEIEN *AUSGESTORBEN*...

SO WÄRE ES BEINAHE AUCH GEKOMMEN. DAMALS, ALS DIE **BLEICHEN GÖTTER** VOM HIMMEL STIEGEN...

IN EINER LÄNGST VERGANGENEN ÄRA...

ALS DAS ZEITALTER DES REICHTUMS, DER KULTUR UND DER POESIE ENDETE... ALS ÜBER UNSERE STÄMME UND GEMEINDEN DAS **FEUER** KAM.

ALS DER SAND IN DER FARBE DES BLUTES GETRÄNKT WURDE... ALS DIE TRÄNEN DER SHAYRA STAUB ZU STEIN VERKLEBTEN.

DAMALS.

LANGE, LANGE HER.

ÄPFEL!

WÜSTENÄPFEL FÜR DEN MEISTERMAGIER!

ER HAT SCHON GERUFEN...

ALLES, WAS UNS ETWAS BEDEUTET HATTE, GING IN FLAMMEN AUF. DIESE STADT, IN DER IHR LEBT, DIE IHR HEUTE **SUNSIT-CITY** NENNT...

KOMM HIERHER, WIR WASCHEN SIE IHM VORHER AB...

...DAS WAR DAMALS **UNSERE STADT!**

SEHT!

EIN GUTES OMEN...

GÖTTER AUS DEM MORGEN DER SCHÖPFUNG...

NEIN! SIE WERDEN UNS GÖTTLICHES **WISSEN** BRINGEN...

ES FEHLT DEN SHAYRA AN MISSTRAUEN. SIE KENNEN KEINEN HINTERSINN, NUR DIE OFFENE FREUNDLICHKEIT. DAS HAT SIE DAS LEBEN GEKOSTET... MAN RAUBTE IHRE SCHÄTZE, PLÜNDERTE IHRE STÄDTE...

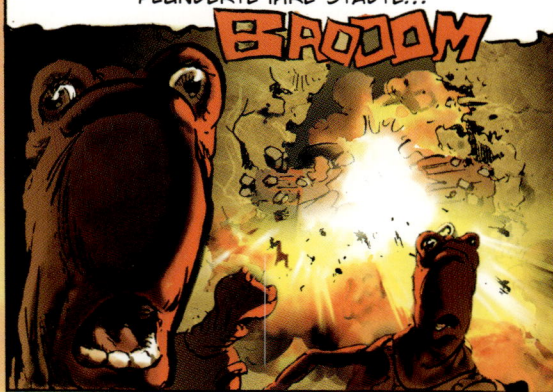

BROOM

...UND BAUTE AUF DEN TRÜMMERN SUNSIT-CITY. AUS DEN GEBEINEN DER TOTEN WURDE MAGISCHER STAUB, FÜR DIE **NEUEN ZAUBERER**...

AM LETZTEN TAG DER SCHLACHT FIEL DER GROSSE SHAYRA-TEMPEL DEN **THERMENMEISTERN** IN DIE HÄNDE.

DIE TODESWÜSTE WURDE ZUR LETZTEN ZUFLUCHT. DER LETZTE DER MEISTERMAGIER SAMMELTE, WAS VON SEINEM VOLK ÜBRIG GEBLIEBEN WAR, UND ZOG INS PERLIACH-GEBIRGE.

SEITHER LEBEN WIR IN DEN HÖHLEN, NOCH HEUTE VOLLER TRAUER.

JEDE ENTDECKUNG KANN UNS DAS LEBEN KOSTEN. DER MEISTERMAGIER FÖRDERT MIT SEINER KRAFT DAS **MAGISCHE WASSER**, VON DEM WIR TRINKEN, DAS UNS BADET UND DAS UNSERE NAHRUNG WACHSEN LÄSST.

NAHRUNG? MEINST DU VIELLEICHT DAS **SHAYRA-KRAUT**?

JA. DAS IST RICHTIG. IHR MENSCHEN UND ALIENS LIEBT ES, UNSER KRAUT ZU RAUCHEN – ABER WIR MÜSSEN DAVON LEBEN. WIR **ESSEN** ES.

VOR MEHR ALS HUNDERT JAHREN GING DIE MACHT DES ALTEN MEISTERMAGIERS AN **MOGOMEM** ÜBER...

UNTER SEINER ÄGIDE HABEN WIR NEUE SCHÄTZE GESCHAFFEN, NEUE ZUVERSICHT GEFUNDEN... ABER HEUTE IST MOGOMEM SELBER ALT GEWORDEN. ER STIRBT EINEN LANGSAMEN TOD, WEIL ER SICH GEGEN DAS STERBEN **WEHRT**. ER KANN NICHT MEHR RICHTIG DENKEN. ER SCHLÄFT NUR NOCH UND SIEHT GESPENSTER...

ER KANN DAS MAGISCHE WASSER NICHT MEHR FÖRDERN, WEIL ER SEINE KRÄFTE NICHT MEHR ZU BÜNDELN VERMAG... OHNE MAGISCHES WASSER ABER SIND DIE SHAYRA ZU DURST UND HUNGER VERDAMMT...

34

ALSO WAS TUN? - WIR SUCHTEN DEN KONTAKT ZU DENEN, DIE UNS EINST DEN TOD BRACHTEN...

ZUM KONSORTIUM?

RICHTIG. SO NANNTEN SIE SICH...

SIE VERSPRACHEN HILFE, WENN WIR IHNEN DAFÜR SHAYRA-KRAUT GEBEN. UND WELCHE WAHL HATTE DAS ALTE VOLK? WIR SAGTEN *JA*. SELBST WENN AUF DIESE WEISE UNSERE LETZTEN NAHRUNGSMITTELVORRÄTE ANGEGRIFFEN WERDEN.

MOGOMEM IST DER EINZIGE MEISTERMAGIER. ES WIRD IMMER NUR EINEN GEBEN, DAS MACHT UNS *ABHÄNGIG*.. ERST WENN ER GESTORBEN IST, WIRD SEINE MAGIE AUS DER LEICHE FREIGESETZT UND SUCHT SICH EINEN NEUEN TRÄGER. DARAUF WARTEN WIR. DANN IST MEIN VOLK GERETTET.

WARUM BESCHLEUNIGT IHR DIE SACHE NICHT 'N BISSCHEN? *PATSCH!* RÜBE AB...ODER SO.

BIS HEUTE WARTEN WIR AUF DIE VERSPROCHENE LIEFERUNG. EIN BRUNNENBOHRER SOLL ES SEIN - MIT DEM WIR DAS MAGISCHE WASSER AUCH OHNE MOGOMEMS HILFE FÖRDERN KÖNNEN. UND IN DEN HÖHLEN WIRD DAS MAGISCHE WASSER LANGSAM KNAPP. SOGAR ZU KNAPP FÜR DIE SHAYRA-KINDER.

DEM MEISTERMAGIER GEBÜHRT RESPEKT! KEINER VON UNS WÜRDE DIE HAND GEGEN IHN ERHEBEN...

SCHRECKLICH.

SEHR, SEHR SCHRECKLICH...

SCILLA... BITTE... ICH BRAUCH WAS ZU RAUCHEN...

WAS IST EIGENTLICH MIT IHM?

SÜCHTIG NACH SHAYRA-KRAUT...

DAS KONSORTIUM... WIR HÄTTEN ES WISSEN MÜSSEN... ABER SO IST DAS, WENN DU VERHUNGERST.

DECKEN! DECKEN! MOGOMEM VERLANGT NACH DECKEN!

IHM IST KÜHL...

NEIN, ER SCHWITZT!

ICH BRINGE WASSER!

WAS FÜR EIN GESTANK.

IST DAS DER BERÜHMTE MEISTERMAGIER?

ER WAR ES EINMAL. HEUTE IST ER MEHR TOT ALS LEBENDIG. ER KÄMPFT, ABER ER KANN NICHT EWIG LEBEN.

MOGOMEM IST KRANK? WIRKLICH TÖDLICH KRANK?

JA. MOGOMEM BESITZT KEINE KRÄFTE MEHR. ER KANN NICHT MEHR MIT EUCH ÜBER DEN PREIS VERHANDELN.

IHR SOLLT ALLES BEKOMMEN, WAS IHR BRAUCHT. ABER IHR MÜSST WARTEN, BIS SEIN NACHFOLGER GEFUNDEN IST... VIELLEICHT EIN PAAR WOCHEN LANG... WENN WIR SHAYRA DANN NOCH AM LEBEN SIND.

ICH WÜRDE MEINE HAND NICHT DAFÜR INS FEUER LEGEN.

SO WEIT ICH SEHEN KANN, SEID IHR SHAYRA OHNE SCHUTZ.

DAS BEDEUTET ALSO...

ARBEIT, LEUTE! MACHT SIE KALT!

EUER KRAUT WIRD MIR GEHÖREN. DEM KONSORTIUM.

GESCHICHTE, DAS IST ALLES, WAS IHR SEID. WARTET, BIS DIE TOTEN SHAYRA KOMMEN! SEIT TAUSEND JAHREN EIN KINDERMÄRCHEN... VERGESSEN, VON DER OBERFLÄCHE DES PLANETEN LÄNGST GETILGT.

UND VON HEUTE AN ENDGÜLTIG.

RTTATTATTATTATTA

ARGHH

SHALLIMAHD. DU BIST DRAN.

ABER...

...ABER...

...NEIN!

BEFEHL... ...IST... ...BEFEHL!

HAAAAAA

OOOOAAAAHH

OOOA

HOLT SIE EUCH! FEUER!

RATTATAT

RATTATATA

RATTATATTAT

RATTATTH

RATTATATA

DAHINTEN IST NOCH EINER!

RATTATT

ICH HABE AHNUNGEN, MIGERDOW... ALLES, WAS DU SAGST, ERGIBT FÜR MICH EINEN SCHRECKLICHEN SINN...
IHR HABT ALSO MIT DEM KONSORTIUM KONTAKT AUFGENOMMEN... UND DIE HABEN EUCH PROCKER GESCHICKT. WISST IHR ÜBERHAUPT, WAS DAS FÜR LEUTE SIND? WIE NAIV IHR EUCH ANSTELLT?
PROCKER HATTE NIEMALS DIE ABSICHT, DIE SHAYRA TATSÄCHLICH ZU BEZAHLEN. DAS KONSORTIUM VERSUCHTE LEDIGLICH...
...DIE CHEMISCHE FORMEL DES SHAYRA-KRAUTS HERAUSZUBEKOMMEN. DAS ERWIES SICH ALS UNMÖGLICH. DA MAN DAS RAUSCHGIFT NICHT SYNTHETISCH HERSTELLEN KONNTE, BRACH PROCKER AUF, UM DOCH NOCH DAS KRAUT VON DEN SHAYRA ZU HOLEN. JE GRÖSSER DIE MENGE, DESTO BESSER.
MMNNNN.
ABER WIR HABEN KEINE GROSSEN MENGEN. WIR KÖNNEN NUR WENIG ERÜBRIGEN!
TJA.
SCHEISSEGAL...! OB IHR LIEBER VERHUNGERT ODER VERDURSTET, DAS KÜMMERT DEN TYP NICHT.
HMM... KÖNNTE ES NICHT SEIN, DASS PROCKER WIRKLICH EINEN BRUNNENBOHRER MITGEBRACHT HAT? AUF DEM SCHROTTPLATZ IN SUNSIT-CITY GAB'S VIELLEICHT EINEN... ABER DAS HEISST NICHTS! WENN ER EINE MÖGLICHKEIT SIEHT, AUCH OHNE BEZAHLUNG AN DAS KRAUT ZU KOMMEN...
WAS FÜR EINE MÖGLICHKEIT DENN?
ICH WEISS NICHT... GIBT'S EINEN SCHWACHEN PUNKT BEI DEN SHAYRA? ETWAS, WIE MAN SIE MIT EINEM SCHLAG ENTSCHEIDEND TREFFEN KÖNNTE?
38
MOGOMEM!

SIEHST DU DAS LEUCHTEN? DAS IST SHAYRA-MAGIE, MAN KANN SIE ANFASSEN, SIE IST JETZT AUF DER WANDERSCHAFT...
MOGOMEM MUSS GESTORBEN SEIN...
PROCKER!
TREFFER!
GESCHICHTE SEID IHR. UND BALD NICHT MAL MEHR DAS.
KRRK
HIER LIEGT ER GUT... SINNLOS, INDIGO MITZUSCHLEPPEN...
IN DEN LASTERN SIND GEWEHRE...
OOOOHHH...
DAHINTEN!
PROCKERS LEUTE!
BANG BANG
FEUER FREI!
39

HELFT UNS!
HILFE!
BITTE!
YEAAAAHH
Blam Blam Blam
LASS MICH!
BLAM BLAM
BLAM
DIE SCHON WIEDER! DIE KLEBEN WIE KACKE AM SCHUH!
WIR KAUFEN SIE UNS!
UND ÜBRIGENS...
KEINE GEFANGENEN!
BLAM BLAM
STOP!
SHAYRA-MAGIE...
SPÜRST DU DIE MACHT...?

WER WIRD SICH DENN AN WEHRLOSEN VERGREIFEN?
NUR EIN FEIGES STÜCK WIE DU!
SCHLAMPE!
AARRGH
DAS KANN DOCH NICHT...
OH NEIN!
AAAAA
DA!
KEINE ANGST, MEIN KLEINER!
ES TUT GLEICH NICHT MEHR WEH...
...ES IST GLEICH VORBEI.
RATTATATATTAT
SCHEISSE! HIER GEHT'S NICHT WEITER!
BANG BANG BANG
MAGIE...
DIE MACHT DER GÖTTER...
BANG BANG
ABER WAS...
...GESCHIEHT MIT...
...MIR!

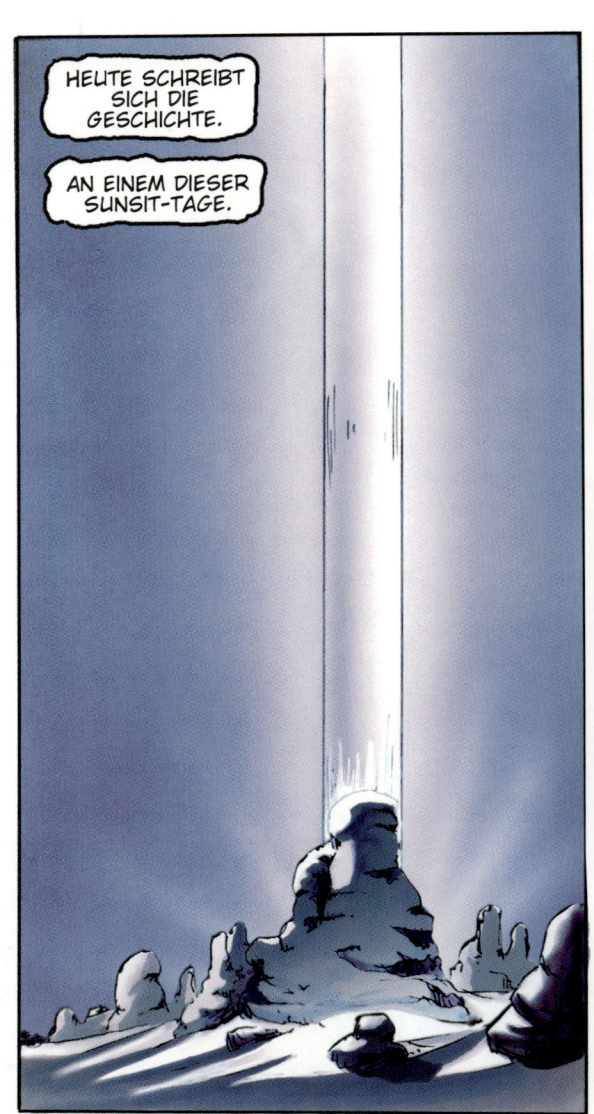

HEUTE SCHREIBT SICH DIE GESCHICHTE.

AN EINEM DIESER SUNSIT-TAGE.

EUER ENDE IST GEKOMMEN...

HOLT SIE EUCH!

LASST KEINEN LEBEN!

BANG BANG BANG

BOOAAAH, EY...!

AHHH!

EIN NEUER MAGIER...

MOGOMEM IST ZUR **RECHTEN ZEIT** GESTORBEN...

DU DA.

LAUF NICHT WEG.

DIE ZEIT LÄUFT RÜCKWÄRTS...

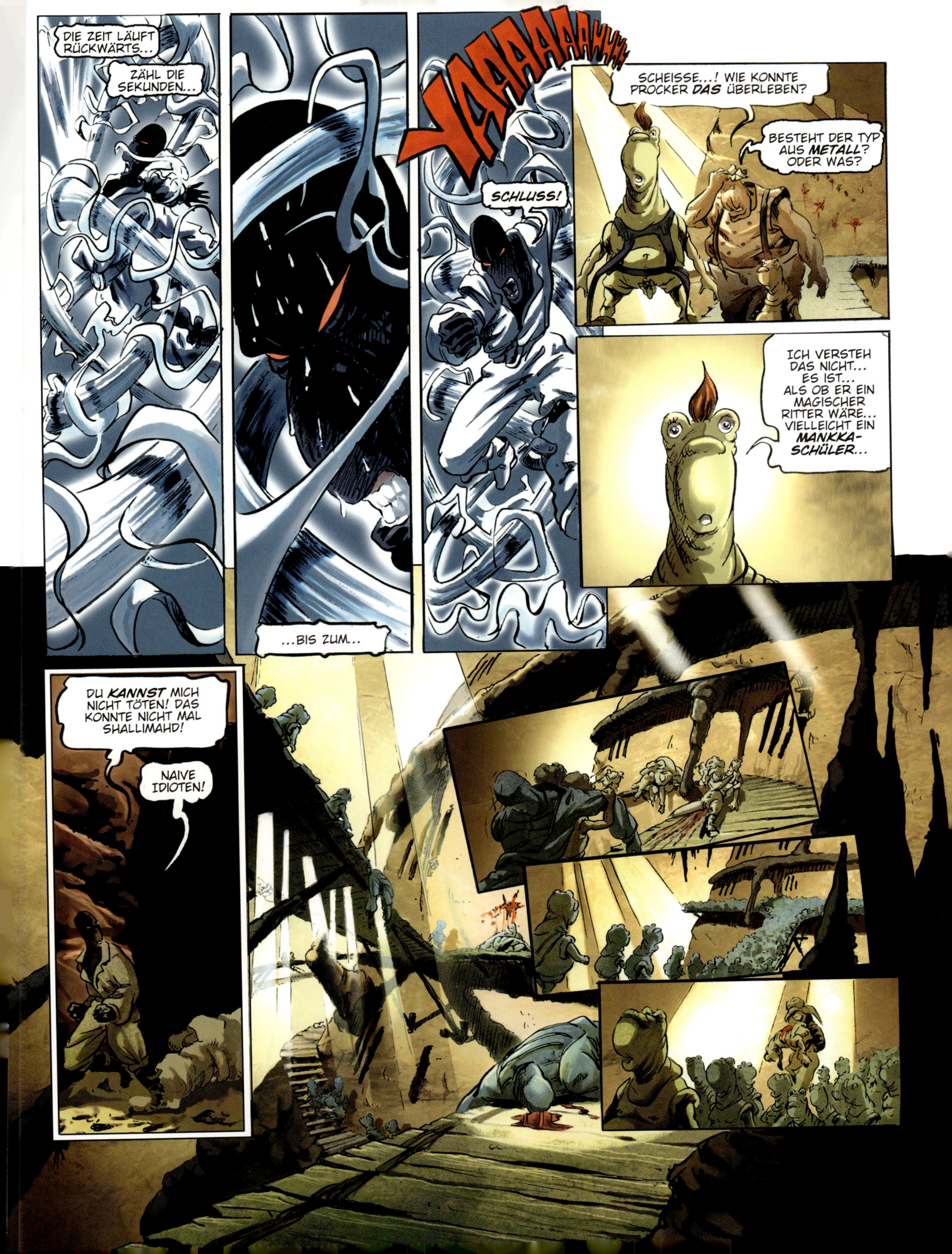

ZÄHL DIE SEKUNDEN...

...BIS ZUM...

SCHLUSS!

VAAAAAAHH

SCHEISSE...! WIE KONNTE PROCKER *DAS* ÜBERLEBEN?

BESTEHT DER TYP AUS *METALL*? ODER WAS?

ICH VERSTEH DAS NICHT... ES IST... ALS OB ER EIN MAGISCHER RITTER WÄRE... VIELLEICHT EIN *MANKKA-SCHÜLER*...

DU *KANNST* MICH NICHT TÖTEN! DAS KONNTE NICHT MAL SHALLIMAHD!

NAIVE IDIOTEN!

ES IST VORBEI. ICH BIN DER NEUE SHAYRA-MAGIER. AUSGERECHNET... ABER ICH HAB SEHR VIEL KRAFT VERLOREN!
ES WIRD MONATE DAUERN, BIS ICH DAS MAGISCHE WASSER FÖRDERN KANN.
BIS DAHIN MÜSSEN WIR VERHUNGERN.
OHNE WASSER WÄCHST KEIN FRISCHES SHAYRA-KRAUT!
JETZT IST WIRKLICH ALLES VORBEI...
HALTET DEN MUND, IHR ALLE...! AUFGEBEN? NACH ALLEM, WAS PASSIERT IST? WIR HABEN NOCH DEN BRUNNEN-BOH-RER!
HEISST DAS...IHR WISST, WIE ER FUNKTIONIERT?
WENN WIR EUCH ANWEISUNGEN GEBEN, KRIEGEN WIR'S VIELLEICHT HIN...
ICH NEHM MAL DEN KLEINEN STINKER MIT...
DEN MAST GERADE!
ZU-GLEICH!
WROOMMH

BOOAAH..!
SCHWERSTARBEIT...!
SPROTZ
UUUND...
PREIST DIE GÖTTIN!
SIE LEBE HOCH!

DAFÜR DÜRFT IHR EUCH ETWAS AUSSUCHEN. IHR HABT DIE LETZTEN SHAYRA VOR EINEM SCHRECKLICHEN TOD BEWAHRT...

IHR HABT EINEN EINZIGEN WUNSCH FREI, DEN WIR ERFÜLLEN WERDEN. EGAL, WAS ES IST...

ABER NUR EIN EINZIGER WUNSCH... VERSTEHT IHR...?

STELL DIR VOR, SCILLA! REICHTUM BIS ANS LEBENSENDE... ODER GELD! MASSENHAFT *GELD*! GENUG FÜR 'NE PASSAGE IN DEN MAGISCHEN SCHIFFEN! GENÜGEND, UM DIESEM STINKIGEN PLANETEN 'NE LANGE NASE ZU DREHEN! SCHWEINEBRATEN, BIS WIR DRAN ERSTICKEN... WÄR DAS NICHTS?

KLASSE! ABER DAS KÖNNEN WIR NICHT MACHEN...

WIE...?

HÖR ZU, MIGERDOW. WIR HABEN EINEN KRANKEN FREUND BEI UNS. DAS IST ALSO UNSER WUNSCH: SORGT DAFÜR, DASS INDIGO GESUND WIRD. DASS ER VON SEINER SUCHT NACH SHAYRA-KRAUT GEHEILT WIRD...

...UND EINS, UND ZWEI...

ABER...

DER KLEINE MUSS INS *HEILIGE WASSER*.

...UND DREI!!

SO EINFACH IST DAS...? IHR HABT UNS REINGELEGT!

NEIN. EURE WAHL IST GETROFFEN.

HEEE...! ER ERTRINKT DOCH!

NEIN! WARTE NOCH!

MANCHMAL SPANNT DAS WASSER DICH AUF DIE FOLTER, WENN ES DEINEN GERUCH NICHT KENNT...

FRAGT EUCH MAL, WIESO DAS WASSER UNS SHAYRA **NICHT** SÜCHTIG MACHT...

BLBB BLBB

MAGISCHES WASSER IST DAS **GEGENMITTEL**!

PFFFFT

WEIL DU SONST STERBEN MUSST!

ARRGH! WAS ZUM...

IS WAS?

SIEHT SO AUS, ALS OB WIR IHN WIEDERHÄTTEN...

DEN ALTEN STINKER!

HE... WO HAB ICH EIGENTLICH DIE GANZEN **BEULEN** HER?

WAS IS PASSIERT, ZUM DONNER? HMM... UND WO BIN ICH HIER ÜBERHAUPT?

ÄH... NA JA, DU BIST IM TRAN STÄNDIG GEGEN IRGENDWELCHE WÄNDE GELAUFEN...

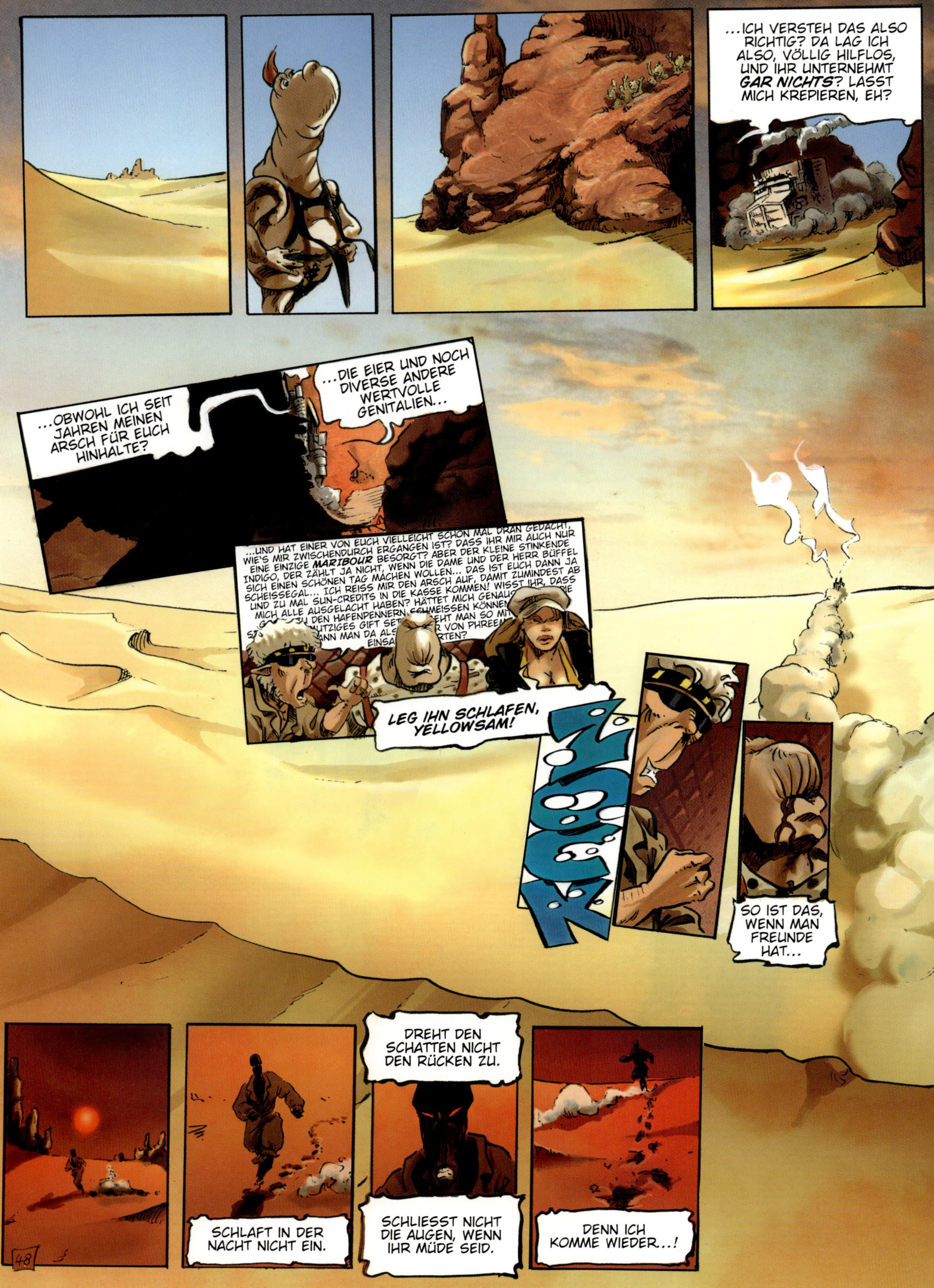

...ICH VERSTEH DAS ALSO RICHTIG? DA LAG ICH ALSO, VÖLLIG HILFLOS, UND IHR UNTERNEHMT **GAR NICHTS**? LASST MICH KREPIEREN, EH?
...OBWOHL ICH SEIT JAHREN MEINEN ARSCH FÜR EUCH HINHALTE?
...DIE EIER UND NOCH DIVERSE ANDERE WERTVOLLE GENITALIEN...
...UND HAT EINER VON EUCH VIELLEICHT SCHON MAL DRAN GEDACHT, WIE'S MIR ZWISCHENDURCH ERGANGEN IST? DASS IHR MIR AUCH NUR EINE EINZIGE **MARIBOUR** BESORGT? ABER DER KLEINE STINKENDE INDIGO, DER ZÄHLT JA NICHT, WENN DIE DAME UND DER HERR BÜFFEL SICH EINEN SCHÖNEN TAG MACHEN WOLLEN... DAS IST EUCH DANN JA SCHEISSEGAL... ICH REISS MIR DEN ARSCH AUF, DAMIT ZUMINDEST AB UND ZU MAL SUN-CREDITS IN DIE KASSE KOMMEN! WISST IHR, DASS
MICH ALLE AUSGELACHT HABEN? HÄTTET MICH GENAU
DEN HAFENPENNERN SCHMEISSEN KÖNNEN
NUTZIGES GIFT SET EHT MAN SO MIT
ANN MAN DA ALS R VON PHREE
EINSA RTEN?
LEG IHN SCHLAFEN, YELLOWSAM!
ZOCK
SO IST DAS, WENN MAN FREUNDE HAT...
DREHT DEN SCHATTEN NICHT DEN RÜCKEN ZU.
SCHLAFT IN DER NACHT NICHT EIN.
SCHLIESST NICHT DIE AUGEN, WENN IHR MÜDE SEID.
DENN ICH KOMME WIEDER...!

Aus dem Zeichner-Archiv: INDIGO in den Kinderschuhen

Das Vorbild war ein Makake…

1988

Am weitesten nördlich sind die Japan- oder Rotgesichtsmakaken (Macaca fuscata) verbreitet. Diese Makaken aus dem Norden der japanischen Insel Hondo finden in ihrer unwirtlichen, felsigen Heimat sogar im Winter noch ein Auskommen: Sie graben unter Eis und Schnee nach Wurzeln, und einige wärmen sich durch ein Bad in einer heißen Quelle. Makaken kamen in vorgeschichtlicher Zeit auch in Mitteleuropa vor

Nennt man das *Glück*?

Schulz & Feldhoff tun es sicherlich, denn einige schwarz-weiße Seiten der Zeitschrift „Phantastische Zeiten" heben auf Um- und Seitenwegen die Serie INDIGO aus der Taufe.

Glück für Schulz & Feldhoff – Pech für Indigo & Co., deren Entwicklung durch die Comic-Alben zu einer ziemlichen Leidensgeschichte geraten soll…

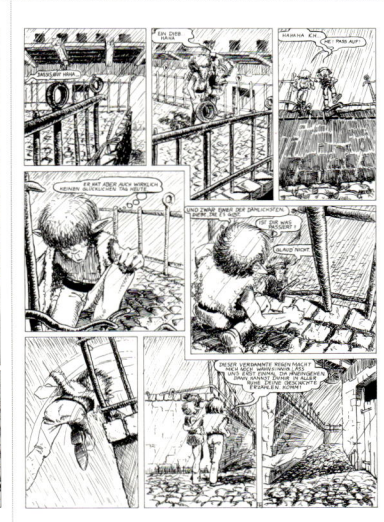

1989

1990

1991

1992

1993

1994

1995

1996

1997

1998

1999

Aus dem Zeichner-Archiv:
INDIGO in Band 1: Der Verfolger

Glück, die Zweite:

Schulz & Feldhoff treffen in Jürgen Janetzki aus München auf einen Verleger, der an das Potential des Newcomer-Teams glaubt.

Indigo 1, DER VERFOLGER, kann erscheinen.

Für Zeichner und Autor tut sich eine Spielwiese auf, die so professionell wie möglich genutzt wird – angesichts limitierter Möglichkeiten beiderseits.

In Deutschland besteht an deutschen Comic-Produktionen kein kommerzielles Interesse. Schulz & Feldhoff formulieren dennoch eine persönliche Utopie: INDIGO soll sich national durchsetzen und als Serie ins Ausland. – Irrsinn!

Das Album setzt sich trotz Mängeln am deutschen Markt durch.

1988
1989
1990
1991
1992
1993
1994
1995
1996
1997
1998
1999

Aus dem Zeichner-Archiv:
INDIGO in Band 2: Yellowsam

Schulz & Feldhoff sind als Comic-Team vollständig unbekannt, jedoch außerhalb der Szene als Grafikdesigner und Schriftsteller an professionelles Vorgehen gewöhnt.

Die Serie INDIGO wird am Reißbrett auf Erfolg getrimmt.

Der Hauptfigur Indigo wird der tumbe, grobschlächtige Yellowsam als Sidekick an die Seite gestellt. Scilla aus Band 1 wird ins Gespann übernommen.

Damit ist ein Trio beisammen, das die Themen Action, Sex und Komik abdeckt.

Der Grundtenor der Geschichten entwickelt sich in Richtung morbide & respektlos.

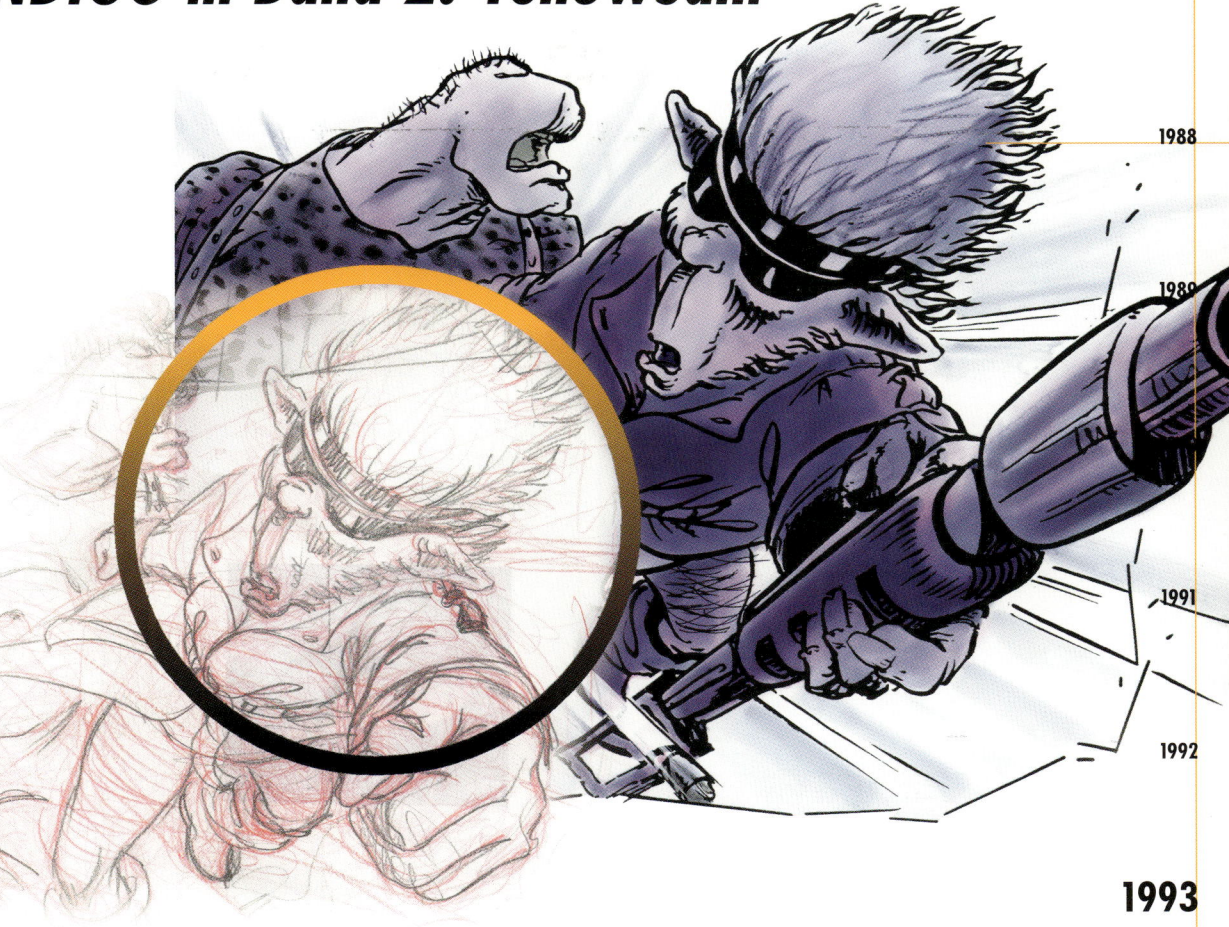

1988
1989
1991
1992

1993

INDIGO in Band 3:
Im Roten Ozean

Schulz & Feldhoff arbeiten ihre Figurenschöpfungen als unverwechselbare Charaktere heraus. „Comic Identity" als Grundlage für Abenteuergeschichten mit einer kalkuliert klassischen Erzählstruktur.

Zeichner Schulz gelingt mit Album 3 ein entscheidender Qualitätssprung. Seit IM ROTEN OZEAN ist die Serie INDIGO international konkurrenzfähig — wenngleich noch lange nicht international „verdealt".

1994
1995
1996
1997
1998
1999

Aus dem Zeichner-Archiv:
INDIGO in Band 4: Die Große Flut

1988
1989
1990
1991
1992
1993
1994
1995
1996
1997
1998
1999

Das Fundament ist gelegt, die Figuren stehen.

Schulz & Feldhoff nutzen die komfortable Stituation – ein mittlerweile eingeschworener Fankreis wartet auf das neue Album! – für einen Schritt in Richtung Komplexität.

DIE GROSSE FLUT wird das bis dahin atmosphärisch dichteste Album.

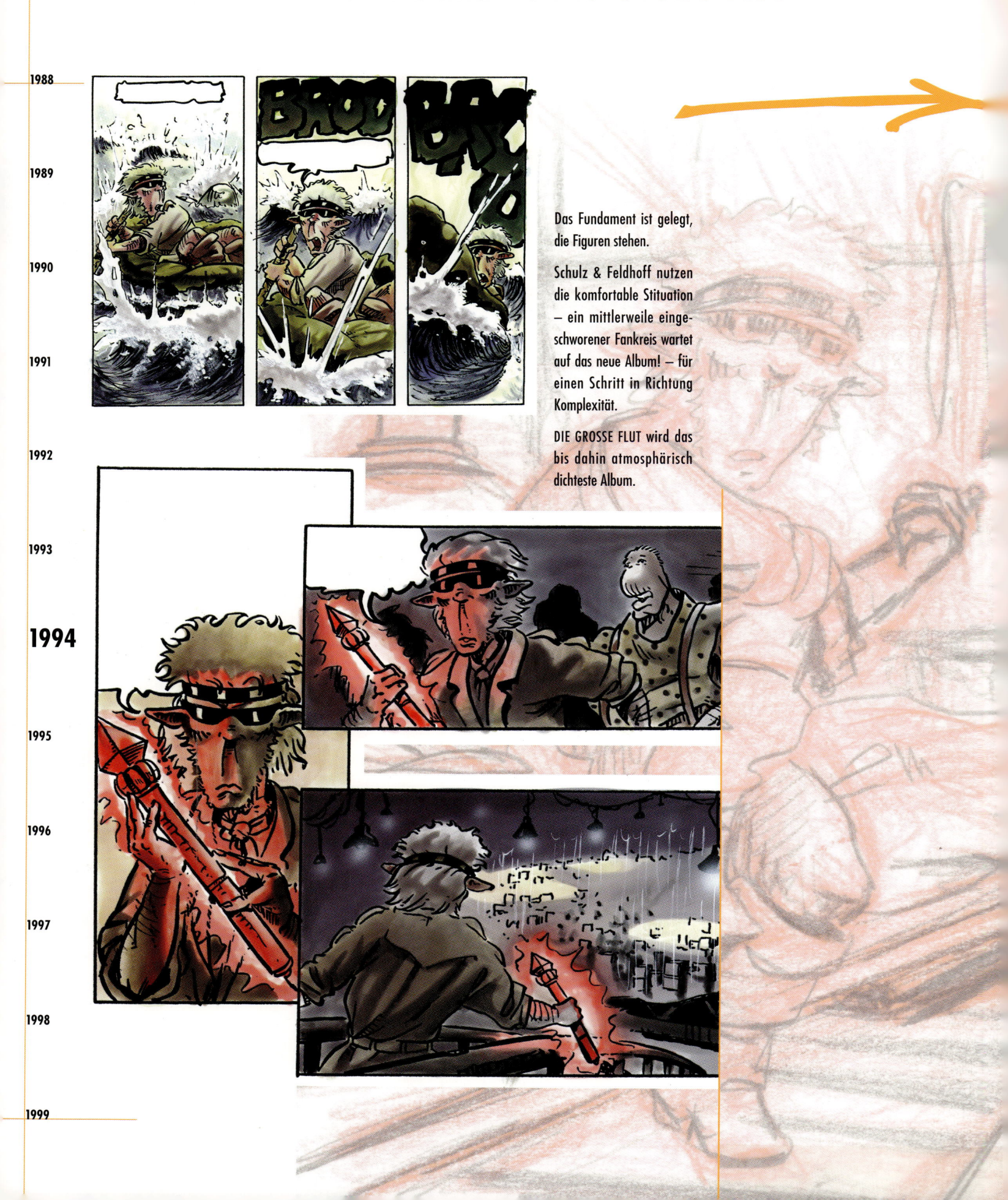

Aus dem Zeichner-Archiv:
INDIGO in Band 5: Im Land der toten Shayra

Das Trio Indigo, Scilla, Yellowsam harmoniert bestens.

Jeder Charakter kann für sich allein bestehen: Schulz & Feldhoff lassen ihre Hauptfigur Indigo über drei Viertel des Albums bewußtlos durch das Setting tragen.

Weitere Frechheit: Indigo zeigt *Penis*.

Nackte Haut wird zunehmend mit entlarvender Absurdität verbunden. Zeichnerische Ästetik mischt sich mit zähneknirschendem Witz.

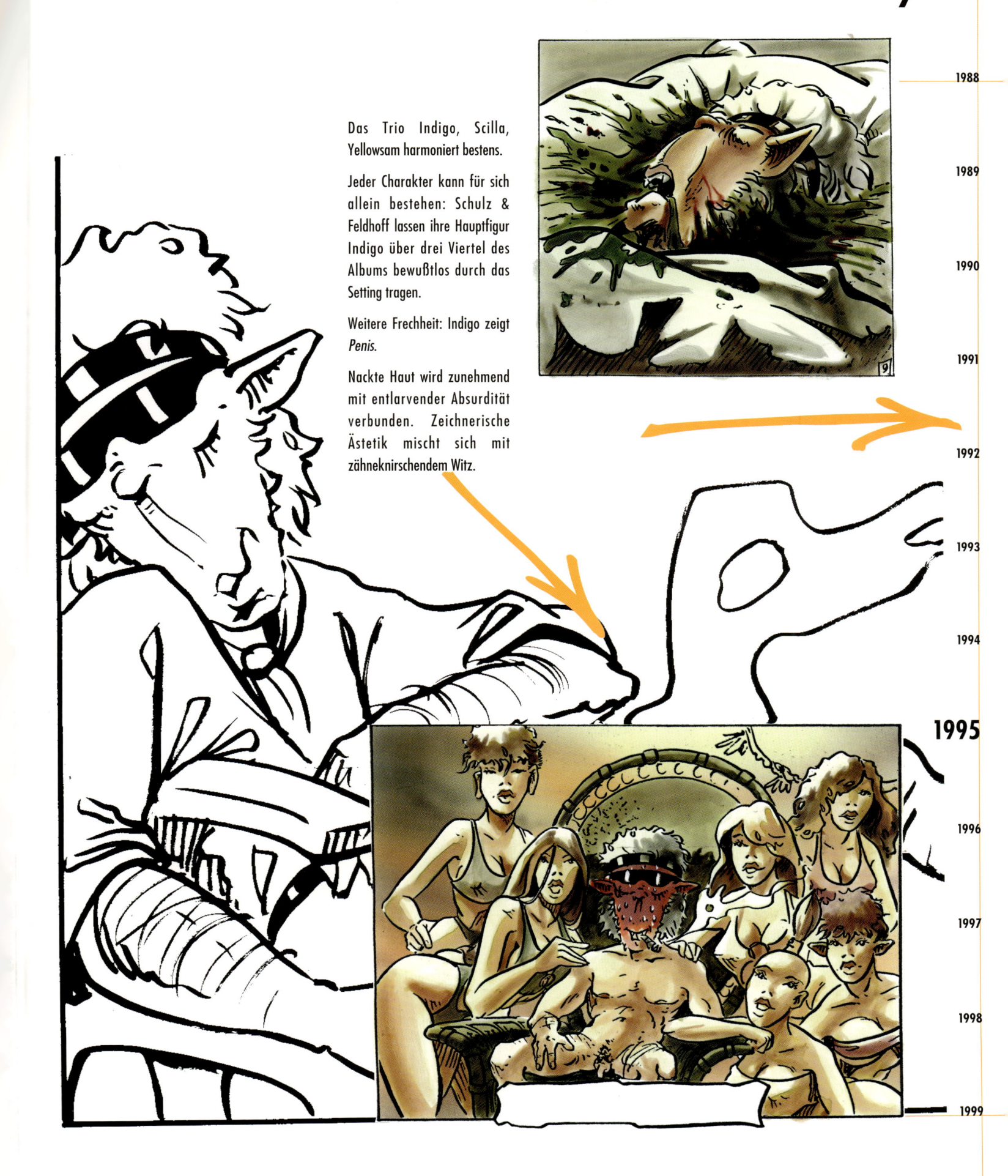

Aus dem Zeichner-Archiv:
INDIGO in Band 6: Fast Machine

1988
1989
1990
1991
1992
1993
1994

In diesem Fall entsteht der Albumtitel vor der eigentlichen Idee – auf dem Backcover von INDIGO 5 soll der kommende Band bereits angekündigt werden. Schulz & Feldhoff entscheiden sich nach einer 60-Sekunden-Instant-Telefonkonferenz für FAST MACHINE.

1995

Die Ideenfindung, was unter „Fast Machine" zu verstehen ist, beginnt ein halbes Jahr darauf. Das Team favorisiert zunächst eine komische Variante: „Fast Machine" als Name eines selbstkonstruierten Gefährtes in einem exotischen Seifenkistenrennen.

1996

1997

Die letzte Entscheidung fällt jedoch für einen „modernen" Dämon, dessen Einführung bessere Action verspricht.

FAST MACHINE arbeitet erstmals mit religiösen Anspielungen; Fantasy mischt sich nicht allein mit Science Fiction-Elementen, sondern schlägt eine Brücke zur Mythologie.

1998

Indigo transformiert sich zunehmend zur tragischen Figur.

1999

Das Album wird nicht mehr im Münchener Splitter-Verlag veröffentlicht, sondern bleibt während einer Neuorientierungsphase lange unter Verschluss.

2000

INDIGO Relaunch

Der Relaunch der Serie im CARLSEN-Verlag bringt die Serie endgültig ins Rampenlicht – Resultat beharrlicher Arbeit. Band 1 wird komplett neu gezeichnet und getextet; diesmal unter dem Titel SUNSIT-CITY. Eine „rotzige" Sprechblasensprache ersetzt den braven Originaltext.

Sämtliche Cover werden einheitlich gestaltet, als Teil einer Marketingstrategie, die auf den Wiedererkennungswert der drei Hauptfiguren setzt.

Zwischen Original und Remake liegen Welten. Der ursprüngliche Makake, Urvater der Indigo-Schöpfungsgeschichte, mutiert zu einem Markenzeichen deutschsprachiger Comic-Kunst.